Goldie et les trois ours

HELEN JULIET

Goldie et les trois ours

Copyright © 2021, 2024 Helen Juliet

Merci à mon équipe !

Conception de la couverture : Joe Satoria

Édition : Meg Cooper

Lecture d'épreuves : Tanja Ongkiehong

Génialité générale : Les pionniers (Ed et Amelia), Theadora pour le beurre, l'adorable mari et nos magnifiques bébés à fourrure.

Traduit par Lily Karey

Résumé

Trois ours très affamés peuvent-ils trouver leur propre garçon ?

GOLDIE

À cause de mon bon à rien d'ex, je suis endetté jusqu'au cou… auprès d'une société de divertissement pour adultes. Le propriétaire m'offre la chance de ma vie : si je ne dévoile pas les raisons de ma présence, je pourrai rembourser mon emprunt devant la caméra. Je suis ravi, mais gêné : qui voudrait travailler avec un petit maigrichon comme moi ? C'est alors que la plus grande et la plus effrayante des stars me demande. En fait, Daddy me réclame. Et, comme ses deux partenaires m'en avertissent, ce que Daddy veut, Daddy l'obtient. Puis-je vraiment satisfaire trois ours ? Alors qu'ils se rapprochent de moi, je réalise qu'il est trop tard pour fuir.

DADDY

Goldie est timide, innocent, tout nouveau… et carrément irrésistible. Et il deviendra nôtre. Nous avons tous les trois assez d'amour pour un quatrième. C'est censé n'être que pour un week-end, mais les secrets de notre ange doré trahissent une âme brisée qui a besoin d'être réparée… et je suis l'homme qu'il faut pour le faire. L'ex sordide de Goldie est trop froid pour lui, et ce week-end pourrait être torride. Mais nous quatre ensemble ? C'est exactement ce qu'il faut. Et quand je découvrirai pourquoi Goldie est vraiment là, nous ne reculerons devant rien pour sauver notre garçon.

Goldie et les trois ours est une romance gay MMMM autonome et torride, avec un cottage pittoresque dans la campagne anglaise, des louanges pour un garçon timide, un très gros chat qui sait tout, assez de porridge pour quatre ventres affamés, et un happy end garanti sans aucun cliffhanger.

CHAPITRE 1
Goldie

Ma main tremble lorsque j'appuie sur la sonnette de Honipot Productions. Je recule et jette un coup d'œil dans la rue animée de Londres. Tous ces gens se pressent devant moi et je ne peux m'empêcher de me demander si l'un d'entre eux cache sa peur bleue comme moi.

Qu'est-ce que je vais faire ?

Je vais entrer dans cet immeuble de bureaux et voir ce que M. Cundall a à m'offrir. Voilà ce que je vais faire. Je m'agrippe à la sangle de la sacoche qui me couvre le corps et m'oblige à respirer lentement et profondément.

— Tout va bien se passer, me murmuré-je à moi-même, alors que la porte s'enclenche et que je pénètre dans le hall d'entrée miteux.

Je m'arrête un instant pour tenir la porte à un coursier à vélo qui passe devant moi avec une grosse boîte en carton. Je m'assure qu'il n'est pas à portée de voix avant de me remettre à bafouiller pour moi-même :

— Tout travail qu'il a à offrir *doit être* mieux payé qu'au café. Tout ira bien. Tu vas t'en sortir.

J'ai beau le répéter en montant dans l'ascenseur qui sent l'oignon et la sueur, je n'y crois pas vraiment.

Comment ai-je pu me retrouver dans cette situation ?

Je sais exactement comment.

Je déglutis lorsque les portes s'ouvrent et je m'avance sur la moquette usée, cherchant le bon panneau sur le mur le long du couloir. Honipot est une grande entreprise, c'est du moins ce que je pensais. J'avais supposé que leurs bureaux se trouvaient dans un endroit chic. Je me rappelle qu'il ne faut pas juger un livre à sa couverture et me dirige vers la porte dont j'ai besoin, en frappant avec autant d'assurance que possible.

— Entrez ! aboie une voix d'homme, alors je tourne la poignée un peu crasseuse et entre dans le bureau.

Il y a deux bureaux, tous deux équipés de vieux ordinateurs, l'un à ma gauche, l'autre en face de moi, tous deux tournés vers moi, alors que je m'arrête au milieu de la pièce. À ma gauche, une femme d'âge moyen, mal fagotée et renfrognée, est en train de taper sur son clavier. Devant moi, un homme coiffé d'une mèche rabattue se lève, les bras ouverts et un sourire radieux sur le visage.

— Le voilà, s'écrie-t-il.

Il tape dans ses mains et désigne la chaise à l'allure dure qui se trouve devant son bureau.

— L'ami de Robert.

Je me hérisse en prenant place sur le siège tandis qu'il se perche sur le bord de son bureau, me regardant de haut. J'essaie de ne pas m'agiter, mais son regard est omniprésent.

— L'ex-petit ami de Robert, corrigé-je, en espérant que cela ne va pas me mettre dans la merde.

Mais Robert n'est certainement plus mon ami. Je doute qu'il l'ait jamais été.

— Merci de m'avoir contacté, M. Cundall. Je suis incroyablement désolé de cette situation et je suis impatient de discuter de toutes les possibilités qui s'offrent à moi pour régler ce problème plus rapidement…

Il me coupe la parole en secouant la tête et en agitant les mains.

— Ce sont des choses qui arrivent. Ne nous inquiétons pas trop de la façon dont nous en sommes arrivés là, hmm ? Pensons à l'avenir !

— Oui, acquiescé-je d'un signe de tête, la bouche sèche.

Je préfère vraiment ne pas revenir sur la façon dont Robert a utilisé mes antécédents de crédit et ma nature généreuse pour obtenir un prêt comme avance sur les redevances de Honipot, me liant à ce prêt – juste moi, pas nous deux comme il me l'avait assuré – puis a tout gâché dans un projet qui n'a même pas vu le jour.

Je dois à l'homme en face de moi des milliers de livres que je mettrai des années à rembourser.

Il ne veut pas attendre des années.

Je ne savais pas quoi faire d'autre jusqu'à ce qu'il m'appelle hier et me demande de venir pour discuter avec lui d'une opportunité d'emploi qui pourrait accélérer considérablement le processus.

J'ai sauté sur l'occasion.

— Alors… vous souhaitez que je fasse du classement ou quelque chose comme ça ? demandé-je.

J'ai fait beaucoup d'intérim dans des bureaux après avoir terminé l'école, mais avec l'état de santé de ma mère et tous ses rendez-vous, un travail strict de neuf heures à dix-sept heures ne me conviendrait jamais. Le café est assez mal payé, mais c'est au coin de la rue et ma patronne, Flora, est très gentille et m'accorde des horaires flexibles.

M. Cundall s'amuse de ma suggestion de classement.

— Je prends ma pause, annonce la femme en fronçant les sourcils d'une voix grincheuse avant de se diriger vers la porte.

Me laissant seul avec M. Cundall.

C'est bien, me dis-je, en y croyant un peu.

— Savez-vous ce que nous faisons ici, à Honipot ? demande M. Cundall avec un sourire, comme s'il était mon oncle bienveillant.

Je déglutis. Je sais exactement ce qu'ils font et cela me convient. En fait, je suis un fan. Ou du moins, je l'étais jusqu'à ce que Robert vienne tout gâcher.

— Vous êtes une société de films pour adultes spécialisée dans le divertissement pour les hommes qui aiment les hommes, dis-je en paraphrasant le discours de leur site web.

M. Cundall fait craquer ses doigts et me fait un clin d'œil.

— Exactement. C'est un garçon intelligent. Et nous nous débrouillons plutôt bien, ajouta-t-il avec un geste dédaigneux de la main. Ne vous laissez pas abuser par cet endroit. Je suis trop radin pour me payer quelque chose de mieux. J'ai l'habitude de rencontrer des talents dans des hôtels chics et autres. C'est utile d'aller dans des endroits où nous avons aussi des chambres privées quand nous avons besoin de voir une démonstration, si vous voyez ce que je veux dire.

Il me fait à nouveau un clin d'œil et mon estomac se retourne, mais pas dans le bon sens. Mais je souris et je ris même un peu.

— Cet endroit est sympa, mens-je.

Je préférerais nettoyer les toilettes du café toute la journée plutôt que de travailler dans ce trou terne, mais il n'a pas besoin de le savoir.

M. Cundall presse ses deux index contre ses lèvres avant de reprendre la parole. Il a l'air préoccupé maintenant, mais tout cela ressemble à un numéro qu'il a répété.

— Je veux vous aider, fiston. Je le veux vraiment. Je ne suis pas un monstre. Il est évident que ce gâchis n'est pas de votre faute.

— Merci…

— Mais le prêt *est* à votre nom, me coupe M. Cundall, avant de se taire et de secouer tristement la tête. Vous *êtes* donc légalement responsable de son remboursement.

Ma bouche devient encore plus sèche qu'elle ne l'était auparavant.

— Je sais, admets-je d'une voix rauque. Je sais. Je vous jure, M. Cundall, que j'économise chaque centime, mais l'argent est plutôt rare et…

Il me coupe à nouveau la parole.

— Je suis un homme impatient, dit-il sans ambages. J'ai besoin de cet argent pour financer d'autres projets.

Pas avec Robert, j'espère pour le bien de tout le monde. Cet homme n'est apparemment pas capable d'organiser une partie de jambes en l'air dans une brasserie, ce qui ne m'étonne pas outre mesure. Notre relation a été assez désastreuse. Je ne suis resté avec lui que parce qu'il n'arrêtait pas de dire qu'il serait perdu sans moi, et j'y croyais dur comme fer. Il savait à peine lacer ses chaussures, par pitié.

Je frotte mes paumes humides sur mon jean.

— Je peux travailler ici et au café, balbutié-je.

Dieu seul sait qui va aider maman, mais je m'en occuperai plus tard.

— Je trouverai un troisième emploi s'il le faut. Je ne laisserai pas votre entreprise souffrir de l'erreur de Robert.

M. Cundall fait claquer sa langue, puis se penche… et touche mon menton avec son pouce et son doigt.

J'arrête de respirer.

— Tu es *très* joli, murmure-t-il.

Je ne suis pas complètement idiot. Je sais comment fonctionne l'industrie du cinéma depuis sa création. Je me lèche les lèvres et j'essaie de ne pas m'évanouir de peur.

— Merci, marmonné-je.

— Que dirais-tu de t'acquitter de ta dette envers moi devant la caméra ?

Je cligne des yeux. Ce *n'est pas* ce que je m'attendais qu'il dise.

— Je… euh…

Il se penche en arrière et hoche la tête, s'accrochant de nouveau au bureau plutôt qu'à mon visage. C'est un soulagement, au moins.

— Voici ma proposition, dit-il. Tu travailles gratuitement jusqu'à ce que ces projets te permettent de rembourser la totalité de la dette que tu as envers moi. Tu as un trop beau visage pour le gâcher dans un bureau comme celui-ci.

Je me demande s'il veut dire travailler… ou le laisser me baiser.

Cette idée me répugne intérieurement. Mais ce qu'il propose en réalité…

— Vous voulez que je fasse du porno pour vous ? Gratuitement ?

Il s'esclaffe.

— Ne me fais pas croire que c'est sordide ! s'écrie-t-il en me lançant à nouveau son sourire. Tu aimes le sexe, n'est-ce pas ? Et tu es un fan de notre travail ? Robert me l'a dit.

C'est vrai. M. Cundall a dû parler de moi à Robert. Cette idée ne me plaît guère. J'imagine Robert trouver très drôle que je doive maintenant rembourser cette énorme somme d'argent.

M. Cundall me lance un clin d'œil.

— Tout ce que je te propose, c'est de t'allonger, de penser à l'Angleterre et de permettre à des mecs très sexy de te mettre la tête à l'envers. Je ferai les calculs, mais je pense qu'il suffira de quelques films et qu'ensuite, tu m'auras fait gagner assez d'argent pour rembourser ta dette. Qu'en dis-tu ?

Je me lèche les lèvres, osant à peine respirer.

Parce que ma première réaction spontanée est l'*excitation*. On dirait que ça pourrait être très excitant, dans les bonnes circonstances. Si je pouvais choisir avec qui je travaille et quel genre de choses nous faisons.

Mais attendez, à quoi est-ce que je pense ?! Je ne peux pas faire de *porno*! Ça va me hanter pour le reste de ma vie! N'est-ce pas ?

Je me mordille la lèvre inférieure.

Toutes les dettes auraient disparu. Je pourrais à nouveau m'occuper de moi et de maman. Plus de fantôme de Robert au-dessus de moi. Si tout ce que j'avais à faire était de m'allonger et de faire l'étoile de mer... comment cela pourrait-il être difficile, vraiment ? Et ce n'est pas comme si j'avais encore des amis qui pourraient en être consternés, et je ne me suis jamais vu avoir une carrière de rêve que cela entacherait. Ma mère ne verrait jamais cela par hasard. Si je le fais sous un faux nom...

Je respire difficilement et me frotte la poitrine.

— D'accord, accepté-je avant de pouvoir changer d'avis. Tant que je peux approuver les films avant de tourner, alors... oui. Je pense que c'est une bonne solution.

M. Cundall frappe dans ses mains et je peux pratiquement voir le symbole de la livre sterling dans ses yeux. Pour moi, je ne suis qu'un petit maigrichon aux cheveux indisciplinés, mais il voit manifestement les choses différemment. J'ai la chair de poule en pensant à la personne avec laquelle il m'imagine déjà. Un autre jeune minet, tous les deux faisant semblant d'être vierges ? Un grand gaillard qui me donne des ordres ?

Waouh, je pense que je ne suis pas aussi effrayé que je croyais l'être. Ça dépend juste de l'autre personne.

Un frisson d'inquiétude me parcourt. S'il est affreux, je dirai simplement non.

Si je *peux* vraiment dire non. Il *faut* que j'efface cette dette avant qu'elle ne me mange tout cru.

Je sais qu'à ce moment-là, je ferai tout ce qu'il faut.

CHAPITRE 2

Daddy

Il n'y a rien de mieux, un mardi soir, que de se détendre et de regarder mes hommes baiser.

Mon peignoir est ouvert et je me prélasse confortablement nu dans mon fauteuil, dans le coin de la chambre. Une main tient mon whisky. L'autre caresse tranquillement mon sexe dur, sans se presser.

— C'est ça, Papi, dis-je, la voix basse, pleine de promesses et d'ordres. Prends notre Baby lentement. Taquine-le. Offre un spectacle à Daddy.

Baby halète et gémit, s'étirant pour embrasser son mari tandis que Papi l'écrase sur le matelas. Ils sont tous les deux haletants et brillants de transpiration, attendant impatiemment que je leur permette de jouir.

Je vais y réfléchir. Je vais *certainement* jouir bientôt. Peut-être que je baiserai Papi pendant qu'il jouira dans Baby. Ou peut-être que je les ferai ramper jusqu'ici et qu'ils me suceront tous les deux. Même après toutes ces années passées ensemble, je plane encore en pensant à toutes les possibilités qui s'offrent à moi pour nous arracher jusqu'à la dernière goutte de plaisir.

C'est mon travail, et je le fais très bien.

Ce qui ne fait pas partie du plan, c'est la sonnerie de mon téléphone. Je l'avais placé à côté de moi au cas où j'aurais envie de filmer, mais j'avais apprécié d'avoir mes hommes pour moi tout seul, pour changer. Je jette un coup d'œil à l'identification de l'appelant – Cundall de Honipot – et je touche l'icône pour l'envoyer sur la messagerie vocale, ce qui a pour effet d'assombrir l'écran lumineux. Je n'active jamais ma sonnerie ou mes notifications, pas même le vibreur. D'une part, ce fichu appareil n'arrêterait jamais de gazouiller si je ne le faisais pas, et d'autre part, nous sommes toujours en train de filmer et cela gâcherait la prise de vue.

Je jette un coup d'œil au téléphone pour m'assurer qu'il est bien éteint, puis je reporte mon attention sur la vue, les odeurs et les sons délicieux de mes hommes en train de faire un show pour leur Daddy. Papi a retourné Baby sur le dos, les talons de Baby sur ses épaules. Leurs yeux sont amoureusement verrouillés tandis qu'ils halètent et grognent.

Dois-je les laisser jouir maintenant ?

Certainement pas, car mon putain de téléphone sonne à *nouveau.*

— Qu'est-ce qu'il y a, *putain* ? aboyé-je en portant l'appareil à mon oreille et en claquant mon verre sur la petite table d'appoint.

— Hé, mon pote !

Cundall, ce connard, n'a même pas l'air contrit d'avoir interrompu ma soirée.

— Comment ça se passe ?

— Dur et fuyant, grogné-je en serrant mon érection très fort.

Aussi furieux que je sois de cette interruption, il est chaud comme l'enfer que Papi ne se soit pas arrêté une seconde alors qu'il rend Baby fou sous lui. J'ai dit à mes hommes de baiser, alors ils baisent. Rien d'autre – pas même un appel de notre directeur véreux – ne les arrêtera.

— J'ai un nouveau compagnon de jeu pour vous, annonça Cundall en m'ignorant.

Sa voix a un côté chantant agaçant, mais je ne peux pas dire que je partage son enthousiasme.

— Un imbécile accro aux salles de gym ? demandé-je avec un soupir.

Bien sûr, nous l'accueillons pour un jour ou deux et nous lui faisons vivre des moments inoubliables, mais tout cela devient un peu prévisible. Je préfère faire du contenu torride avec mes hommes parce que les spectateurs peuvent vraiment voir la différence. Nous pouvons simplement nous branler et nous embrasser et obtenir deux fois plus de vues qu'une scène compliquée avec un ou deux autres hommes.

— Quelque chose d'un peu différent, en fait, me corrige Cundall, trop suffisant pour son propre bien.

Je lève les yeux au ciel.

— Tu as un dossier ?

Lorsqu'il me répond par l'affirmative, je lui dis de me l'envoyer, puis je reste en ligne pendant que je vérifie. Je souris en mettant l'appel sur haut-parleur, soumettant notre directeur à des bruits de baise naturelle et imprévue. Il ne sera probablement pas décontenancé, vu son secteur d'activité, mais j'aime à penser qu'il est au moins en train de bander dans son horrible bureau pendant que mes hommes font leur show.

Les claquements de peau et les grincements de dents sont ma bande-son lorsque je navigue vers ma boîte mail, vaguement curieux lorsque j'ouvre les pièces jointes.

Puis tout le reste s'efface quand un ange aux cheveux d'or me regarde à travers l'écran. Il est jeune – à peine la vingtaine, je dirais – avec de magnifiques boucles qui lui tombent autour des oreilles, une peau pâle, de grands yeux bleus et des lèvres pleines en forme d'arc qui semblent avoir été faites pour les sourires doux et sucer des queues.

Mon souffle se bloque et mon érection faiblissante revient en force tandis que mes bourses palpitent d'impatience.

— Je ne l'ai jamais vu auparavant, commenté-je, pas assez magnanime pour faire savoir à Cundall qu'il pourrait bien *tenir* quelque chose ici.

— Il est tout nouveau, explique notre directeur, d'un air encore plus suffisant, ce qui signifie qu'il sait que je suis impressionné.

L'enfoiré.

— Je le mets à l'essai sur quelques films pour voir s'il peut me rapporter de l'argent. J'ai pensé vous donner la primeur en tant que nos plus gros salaires, puis je l'essaierai avec quelques-uns de mes autres habitués…

— *Non*, aboyé-je, avec suffisamment de force pour que la tête de Papi penche vers moi et que ses poussées ralentissent.

Bonne idée, en fait. Je leur fais un signe du doigt à tous les deux.

— Venez ici, murmuré-je.

Ils grimacent et halètent tous les deux lorsque Papi se retire du cul de Baby. Leurs membres sont rouges et tendus par le besoin, mais ils viennent à moi comme je le leur ai ordonné parce que mes hommes sont si bons pour moi. Mon cœur se gonfle de fierté.

Cundall s'en sort bien pour une fois et se tait pendant que je montre à mes hommes le selfie de l'ange doré.

— Qu'en pensez-vous ? demandé-je. Vous voulez jouer avec lui ?

J'ai déjà pris ma décision, mais j'aime mes hommes et je veux aussi voir leur excitation. Je ne doute pas qu'ils seront du même avis.

Bien sûr, leurs yeux s'illuminent lorsqu'ils découvrent la

simple photo. Il est complètement différent de tous les gars avec lesquels nous avons baisé ces dernières années. Je pense qu'un changement de rythme pourrait être exactement ce que le médecin a ordonné.

Je fais claquer ma langue, leur rappelant que je leur ai posé une question et qu'ils doivent donc y répondre. J'enroule mes doigts autour de la longueur de Baby et mes lèvres sur le gland de Papi qui fuit. Ils tressaillent tous les deux à mon contact.

— Il est magnifique, dit Papi avec respect. Il est si doux, si innocent.

— Je pense que nous pourrions lui faire passer un *très* bon moment, s'amuse Baby.

— Fais-le tester, ordonné-je à Cundall. Nous le prendrons à cru ce week-end.

— Oh, eh bien… hésite Cundall, ce qui me met immédiatement hors de moi.

Je lui ai dit quoi faire. Pourquoi a-t-il l'air de vouloir argumenter ?

— Le garçon a probablement besoin de travailler sur un ou deux films pour moi afin que je puisse voir comment il est. J'ai d'autres appels à passer. C'est pourquoi…

— Fais-le tester et amène-le *ici,* grogné-je dangereusement.

Je serre fort la queue de Papi et il halète. Baby l'embrasse par-dessus ma tête. Ils savent que j'aime quand nous sommes tous connectés.

— Il sera à nous et seulement à nous pendant tout le week-end. Du vendredi soir au lundi matin. C'est compris ?

Cundall fait un drôle de bruit que je ne cherche pas à interpréter.

— Oui, il devrait avoir largement le temps de gagner… Je veux dire, oui, je vais m'organiser. Vous ne regretterez pas…

Je coupe l'appel, je m'ennuie déjà. Je meurs d'envie que

l'ange doré vienne tout de suite. Mais d'ici là, j'ai deux hommes magnifiques et musclés à mes ordres, et la première chose que je vais faire, c'est de les faire jouir sur mon torse avant de les jeter sur le lit et de prendre mon temps pour les baiser tous les deux.

Comme si j'allais partager ce beau garçon avec *quelqu'un d'autre* avant d'en avoir eu ma dose. S'il est nouveau sur la scène, je vais revendiquer chaque centimètre de ce beau corps élancé pour moi et mes hommes.

Il est à *moi*.

CHAPITRE 3

Goldie

Lorsque mon téléphone se met à sonner au beau milieu du boui-boui où je travaille, mon cœur se met à battre la chamade. Heureusement, je venais d'apporter de la nourriture, je n'avais donc rien sur moi. Sinon, j'ai l'impression que les assiettes auraient volé.

Mon visage s'enflamme tandis que la vieille chanson des Spice Girls résonne dans la pièce, se moquant de mes tentatives pour sortir le téléphone de ma poche et le faire taire. Je suis sur le point d'appuyer sur le bouton « Accepter l'appel » lorsque je lève la tête pour apercevoir ma patronne, Flora, debout à la caisse.

— Je suis vraiment désolé. C'est à propos de ma mère, dis-je à bout de souffle.

Techniquement, c'est vrai.

— Oui, bien sûr, mon amour, accepte-t-elle avec un sourire triste.

Elle sait à quel point ma mère est géniale, mais aussi combien de rendez-vous elle doit prendre pour sa physio et d'autres choses du même genre.

Je parviens à répondre juste avant que l'appel d'Honipot

bascule sur la messagerie. Je décroche, le souffle court, en sortant par la porte de derrière, dans l'allée qui abrite les poubelles puantes.

— Allô ?

— Ça va, superstar ? s'exclame M. Cundall de sa voix vicieuse, et je grimace, sachant qu'il ne peut pas me voir. J'ai de bonnes nouvelles pour toi.

— Oui ?

Mon cœur s'emballe et mes doigts picotent. C'est vraiment en train d'arriver.

Dois-je être excité ou effrayé ?

— Libère-toi ce week-end. Du vendredi soir au lundi matin, tu es la fière propriété d'un certain trio d'hommes séduisants.

Je fronce les sourcils et déglutis, ne comprenant pas très bien. Un long week-end loin de maman ? De qui parlait-il ? Trois films, l'un après l'autre, peut-être ?

Il soupire, l'air exaspéré, et je me mords la lèvre.

— Daddy, Papi et Baby, énumère-t-il d'un ton brusque, comme si j'avais gâché son plaisir en ne devinant pas tout de suite.

Je m'en fiche. Tout mon univers vient de tomber dans mes baskets bon marché et de rebondir sur le béton rongé par les flaques d'eau de la Hammersmith and City Line.

Comment aurais-je pu deviner que c'était ce qu'il s'apprêtait à dire ? Il aurait tout aussi bien pu annoncer que le prince Jacques et son mari m'avaient invité à prendre le thé.

— Je… vous… *quoi ?*

— J'ai pensé que ça te ferait plaisir, se réjouit M. Cundall.

Mais je secoue la tête, j'ai le vertige. Daddy, Papi et Baby. Mes stars pour adultes préférés. Seulement *la* chaîne la plus regardée sur tous les services d'Honipot. Ils ont plus de deux cent mille followers sur Twitter et plus de *trois cent mille* followers sur Instagram. Je ne connais même pas leurs Only Fans.

C'est trop. Trop grand. Je n'arrive pas à m'y retrouver.

— Euh, c'est génial, réussis-je à bredouiller. Mais, euh, quelles sont les autres options ?

J'entends presque M. Cundall cligner des yeux à l'autre bout de la ligne.

— Que veux-tu dire par « autres options » ? C'est la *seule* option ! Tu n'as pas entendu ce que j'ai dit ?

Je respire profondément et pose ma main sur le mur de briques pour me stabiliser. C'est granuleux et humide sous mes doigts, et cette sensation m'aide à me concentrer.

— Si. Euh, c'est juste… trop. Je n'ai jamais rien fait de tel auparavant. Je ne suis pas…

— Personne n'attend de toi que tu fasses autre chose que ce qu'on te dit, s'emporte M. Cundall, ce qui me fait dresser les cheveux sur la tête. Qu'est-ce que tu ne comprends pas ? Tu vas passer le week-end avec mes trois garçons les plus sexy. C'est un problème ?

Je retrouve cette excitation scintillante qui parcourt mon corps sans que je m'y attende. J'envisage brièvement l'idée avant que la réalité ne me rattrape.

— Vous ne pouvez pas me booker avec eux, marmonné-je d'une petite voix. Ils ne voudront jamais de moi.

Encore cette pause exaspérante.

— Je leur ai montré ton dossier et ils t'ont réservé. Je ne sais pas pourquoi c'est si difficile à comprendre. Oh, tu dois te faire tester tout de suite, cependant. Ils te veulent bareback, et ce qu'ils veulent, ils l'obtiennent.

Il fait claquer sa langue, puis ris, mais je reste bloqué plusieurs phrases en arrière.

— Ils *me* veulent ? *Daddy me* veut ?

— Non, se moque-t-il, et mon cœur se serre.

Bien sûr, c'était trop beau pour être vrai. Quelqu'un

comme Daddy ne s'intéresserait jamais, au grand jamais, à un moins que rien comme moi. C'est alors que la voix de M. Cundall vient briser mon désespoir.

— Il a *exigé de* t'avoir. Exclusivement.

Je n'ai pas de mots. Ma bouche reste ouverte comme un poisson rouge.

— Mais *pourquoi ?* finis-je par demander avant d'avoir une sévère conversation avec moi-même ; à cheval donné, on ne regarde pas les dents.

M. Cundall s'énerve.

— Tu es carrément baisable. Tu as dû le remarquer ? Tous ces cheveux de chérubin, ces grands yeux bleus et ces lèvres boudeuses, c'est n'importe quoi. Je savais que je n'aurais aucun mal à convaincre les gars de s'intéresser à toi. Mais le vieux Daddy est devenu carrément féroce à l'idée de te partager avec quelqu'un d'autre. C'est pourquoi c'est le *seul* travail qui m'est proposé.

Mon cœur s'enfonce à nouveau, la honte m'envahit.

— Alors il est au courant de notre, hum, arrangement ?

Je ne veux pas que quelqu'un sache ce que je dois faire pour nous sauver, ma mère et moi, des répercussions des erreurs stupides et égoïstes de mon ex.

— Non, réplique M. Cundall avec impatience. C'est mauvais pour les affaires. Il pense juste que tu es nouveau sur la scène, et ça va rester comme ça. Il veut avoir la primeur, comme un chien avec un os juteux. J'en déduis donc que c'est un oui de ta part ? Allez, ce n'est pas sorcier et j'ai bien d'autres choses à faire aujourd'hui.

Je secoue la tête comme si cela pouvait mettre de l'ordre dans mes pensées.

— Lui, Papi et Baby sont *si* célèbres. Et si je me plante ?

— Baiser, c'est tout ce qu'il y a à faire, s'esclaffe M. Cundall, riant de sa mauvaise blague.

Et… et si je me plante et que je ne suis pas bon ? M. Cundall a raison. Je n'ai qu'à faire ce que Daddy me dit et… honnêtement ? Ça a l'air délicieux. Terrifiant, mais aussi délicieux.

Qu'est-ce que j'ai vraiment à perdre ? Rien. Mais il y a tout à gagner. Me libérer de cette dette que je n'ai jamais demandée, me libérer de Robert. Et…

Putain de bordel de merde ! Daddy m'a vraiment demandé en exclusivité ? Je ne comprends toujours pas pourquoi, mais je serais un monumental connard de laisser passer une telle opportunité juste parce que j'ai peur de l'inconnu. J'ai vingt et un ans et une vie très ennuyeuse. Presque tout m'est inconnu. Si je saisis cette occasion, peut-être qu'*un* jour, dans mon lointain avenir sans dettes, quelqu'un *pourrait* se soucier du fait que j'ai joué dans un porno cette fois-là.

Ou pas seulement une fois…

Maintenant que je me suis fait à l'idée que mes super célèbres stars préférées pourraient s'intéresser à moi… est-ce que je veux quelqu'un d'autre ?

— Alors… après ce week-end… lancé-je.

Mais je pense que M. Cundall en a vraiment fini avec moi.

— C'est ça, s'exclame-t-il. *Finito, fini, fertig !* Je ne doute pas que les revenus générés par cette série de films couvriront ta dette et que ta brillante carrière dans l'industrie pornographique sera tragiquement interrompue.

Il réussit à attendre un battement de cœur entier.

— À moins que tu ne souhaites en discuter…

— Merci beaucoup, M. Cundall, l'interromps-je.

C'est une chose d'accepter ce moment de folie pour payer mon dû. Mais je ne cherche absolument pas à changer de carrière. Ni même un début de carrière.

— C'est incroyable. Je me rendrai à Dean Street aujourd'-hui, après mon service, et je me soumettrai à des tests approfondis.

Je sais que je n'en ai pas besoin. Je n'ai pas été avec quelqu'un depuis que j'ai rompu avec Robert, et j'ai fait le test juste au cas où il m'aurait trompé. Mais je ferai tout ce que Daddy me dira. Je ne voudrais pas l'énerver avant même que nous nous soyons rencontrés.

Je raccroche et fixe une peau de banane égarée sur le sol pendant un moment. C'est vraiment en train de se passer. Daddy, Papi et Baby *me* veulent. Je vais aller passer un long week-end chez eux.

Qu'est-ce que je vais bien pouvoir porter ?

CHAPITRE 4

Goldie

Ce n'est pas comme si je n'avais jamais quitté Londres auparavant. Mais il y a quelque chose de tout à fait magique dans la façon dont la ville s'efface au fur et à mesure que le train dévale la ligne et que la campagne s'élève à sa place. Je me sens comme un petit enfant, le nez collé à la vitre, lorsque je quitte Paddington en direction de l'ouest, le cœur dans la gorge et la peau palpitante d'impatience.

C'est vraiment en train de se produire.

Heureusement, l'argent que j'avais économisé pour commencer à rembourser le prêt à Cundall était suffisant pour couvrir le coût d'une infirmière privée qui viendra s'occuper de maman quelques fois pendant mon absence, ainsi que d'un véritable massage des tissus profonds par un thérapeute. Je n'aurais pas pu partir autrement. Je n'ai jamais été aussi longtemps loin d'elle.

Elle a des bons et des mauvais moments avec sa sclérose en plaques – les rechutes vont et viennent sans prévenir. Heureusement, elle se porte plutôt bien en ce moment, mais je ne me pardonnerais jamais si elle se réveillait en mauvaise posture demain, toute seule. Avec quelques visites d'infirmières planifiées et nos voisins de garde en cas d'urgence, je peux me détendre et me concentrer sur moi-même pour une fois.

Ou au moins essayer de me détendre.

Je me rends compte que je me ronge l'ongle du pouce et je m'arrête. C'est une sale habitude que je ne prends que lorsque je suis très énervé. Normalement, c'est parce que je suis anxieux, et il y a certainement beaucoup d'anxiété qui flotte en moi. Mais cette excitation alléchante est aussi de retour, elle fait battre mon cœur et mouiller mes paumes.

Que diable vais-je dire lorsque je les rencontrerai ? Seront-ils comme à l'image ? Daddy a l'air si féroce avec Papi et Baby qui s'occupent de lui. J'ai des frissons en pensant à ce que ce serait d'avoir ce genre de relation. Quand quelqu'un est tellement sûr de lui qu'il prend toutes les décisions difficiles, sans parler de prendre les rênes dans la chambre à coucher. Je n'ai jamais eu de partenaire de ce genre, mais j'ai lu *beaucoup* de livres de romance gay avec des Doms et des Daddy, et l'idée m'excite vraiment.

Une violente pointe d'inquiétude coupe court à mon excitation. Robert disait toujours que j'étais « mou » dans la chambre à coucher. Je pense qu'il voulait un partenaire plus actif, mais je suis tellement timide et anxieux pendant les rapports sexuels. Et si Daddy et les autres étaient déçus par moi ? Leurs camarades de jeu ont toujours l'air si vivants et si amusants.

Ils vont regretter de m'avoir demandé.

Non, me sermonné-je sévèrement en regardant défiler les champs verdoyants, entrecoupés de murs de pierre tordus qui se dressent probablement là depuis des centaines d'années.

Le fait de penser aux personnes qui les ont construits m'apaise. Ils ont tous eu leur propre vie, leurs propres luttes, leurs espoirs et leurs réussites. Je ne suis qu'une goutte d'eau dans l'océan, une tache dans l'univers. Je suis petit et calme et je n'ai pas besoin de laisser ces soucis devenir plus importants qu'ils ne le sont déjà.

M. Cundall a été très clair : Daddy *a exigé* que je vienne chez eux. Il m'a choisi pour cet honneur et il serait impoli de le refuser ou de le remettre en question. Je ne comprends toujours pas *pourquoi* il est intéressé, mais je fais de mon mieux pour compter mes bénédictions et ne pas gâcher une telle opportunité. Ce genre de choses ne m'arrive jamais. À l'école, je n'ai jamais été le meilleur dans aucun domaine, je n'ai jamais été populaire et je n'ai jamais gagné quoi que ce soit. Il était temps que je touche le jackpot pour quelque chose.

Le plus gros lot, c'est évidemment l'effacement de ma dette. Si j'arrive à ne pas tout faire foirer, je serai sur le point de gagner suffisamment pour que M. Cundall oublie toute cette sale histoire de prêt. Mais je me permets un tout petit peu de fierté parce que, pour une raison ou une autre, Daddy *m'*a choisi. Il *me* veut.

Le voyage en train n'est pas très long – un peu moins d'une heure et demie pour arriver à Bath Spa. Ensuite, je devrai prendre un autre train et un taxi pour me rendre à la maison où Daddy, Papi et Baby vivent ensemble. J'ai dû signer un accord de non-divulgation promettant que je ne communiquerais l'adresse à personne d'autre, ce qui était plutôt excitant.

La plupart des stars de divertissement pour adultes que j'ai vues vivent dans des appartements huppés avec des vues spectaculaires sur les villes du monde entier. Mais Daddy et ses partenaires postent toujours sur Instagram des photos d'eux faisant de longues promenades sur des chemins de campagne ou buvant du thé dans leur joli jardin. J'adore qu'ils incluent des bribes de leur vie comme ça, et ce n'est pas qu'une question de sexe.

J'ai l'impression qu'ils doivent tous s'aimer vraiment.

L'idée du polyamour me semblait horrible et stressante auparavant. Je ne pouvais pas imaginer que les personnes impliquées ne seraient pas jalouses. Mais en regardant des couples comme Daddy, Papi, and Baby, j'ai réalisé qu'il y avait différentes sortes d'amour, et qu'il pouvait être extraordinaire d'ouvrir son cœur de cette manière.

C'est du moins ce qu'il semble en ligne. Je suppose que je vais bientôt découvrir ce qu'il en est dans la réalité. Mais après ma dernière relation avec Robert (ma seule relation à long terme), je ne peux honnêtement pas imaginer avoir *un seul* petit ami sympa, et encore moins deux.

Je mange le sandwich que j'ai apporté de la maison et continue à regarder par la fenêtre, mes pensées tourbillonnant entre la nervosité et l'anticipation. Je veux lire la suite de mon livre – une histoire d'amour particulièrement douce et sans angoisse – mais après avoir essayé plusieurs fois de me concentrer sur les mots qui n'arrêtent pas de défiler sur l'écran, j'abandonne.

Au lieu de cela, je passe en revue plusieurs fois les étapes suivantes de mon voyage pour m'assurer que je ne vais pas me tromper d'arrêt ou quoi que ce soit. Ensuite, j'utilise l'appareil photo de mon téléphone comme reflet pour essayer de dompter mes boucles blondes sauvages. Comme d'habitude, elles n'ont pas l'intention de coopérer, alors j'abandonne et, à la place, je commence à faire défiler l'Instagram de Daddy, Papi et Baby. Je ne sais pas si cela m'apaise ou m'énerve, mais je n'arrive pas à m'arrêter.

Comme c'est Insta, il n'y a rien de trop vilain, pas comme Twitter, où ils peuvent *tout* montrer. Je n'ai pas eu le courage d'y jeter un coup d'œil depuis le coup de fil de M. Cundall mardi. Le simple fait de penser que dans quelques jours, il pourrait très bien y avoir des petites vidéos de moi nu me fait frémir. C'est excitant, mais aussi très effrayant.

Et si les gens pensent que je ne vaux rien ?

Je me tortille sur mon siège et je dois me mordre la lèvre en pensant à la distraction bienvenue de mes pensées.

Faire le test à la clinique n'était pas la *seule* instruction que Daddy m'avait donnée par l'intermédiaire de M. Cundall. L'autre consigne était que j'arrive douché et étiré, prêt à tout. Hier, j'avais donc surmonté mon embarras et était entré dans un magasin pour adultes de Soho pour acheter mon tout premier plug.

Je dois admettre qu'il y a quelque chose de sensationnel à se promener avec un petit secret pervers comme celui-là. Personne ne sait que je fais quelque chose de *coquin*.

Mais ce n'est pas méchant. C'est exaltant de recevoir un ordre et de l'exécuter. Mon cœur bat la chamade et je ne peux m'empêcher de rêver que Daddy me dira que j'ai été très bon pour lui.

Je veux tellement être bon.

C'est tout ce qui compte. Pas ce que des inconnus sur internet peuvent penser. Je veux juste que Daddy soit heureux de moi. Je ne veux pas le décevoir.

Mon petit secret me suit alors que je change de train à Bath et que je me dirige vers Frome, descendant à Trowbridge, une jolie ville aux allures de boîte de chocolat. En sortant de la gare, je me retrouve devant une jolie église de couleur crème. Il y a de vieux pubs dans des bâtiments Tudor rénovés et des maisons peintes dans une variété de couleurs pastel, sans parler des arbres partout, dont les feuilles se colorent au gré des saisons. Même les réverbères sont charmants avec leur style démodé en fer forgé noir.

J'inspire profondément et je ferme les yeux une seconde, me sentant plus calme. C'est tellement différent de l'agitation incessante de Londres. Je me suis toujours considéré comme un citadin, probablement parce que je n'ai jamais rien connu d'autre. Mais peut-être que ce n'est pas le cas. C'est comme si la campagne m'arrachait déjà mes soucis et les laissait s'envoler dans la brise d'automne.

Une fois que j'ai trouvé la station de taxis et que j'ai donné l'adresse au chauffeur, l'angoisse commence à revenir à l'intérieur de ma poitrine. Je n'essaie même pas de m'empêcher de me ronger l'ongle du pouce pendant que nous traversons la ville pittoresque, mon genou s'entrechoquant contre le siège vide du passager avant. Je suis à quelques minutes de rencontrer ces hommes qui sont adulés par des centaines de milliers de personnes dans le monde entier.

Comment puis-je me comparer à cela ?

Tu ne peux pas, me dis-je gentiment. *Ne te mets pas la pression. Tu es juste là pour qu'ils s'amusent. Personne ne s'intéressera à toi. Le public guette l'arrivée de Daddy et de ses hommes.*

Je peux être petit et bon. Je sais que je le peux. C'est la seule chose à laquelle je pense alors que le taxi s'engage dans un chemin sinueux menant à un cottage solitaire. Pendant une seconde, mes craintes et mes inquiétudes s'évanouissent et je sursaute, ayant du mal à croire que je vais séjourner dans un endroit aussi stupéfiant. La maison a un toit de chaume et un style Tudor caractéristique, avec des murs en pierre blanche et des poutres en bois noir. Comme l'automne a commencé, il n'y a pas vraiment de fleurs dans le jardin, mais il est impeccablement entretenu. La glycine encadre toute la porte d'entrée et, en été, je parie que c'est une émeute de fleurs violettes.

Bon sang de bonsoir. Il y a même un ruisseau qui coule à côté de la propriété et une passerelle en bois arquée qui l'enjambe. J'ai immédiatement envie de tout envoyer sur Instagram aux quarante-sept personnes qui me suivent, mais ça faisait également partie de l'accord de confidentialité. Pas de posts sur les réseaux sociaux tant que Daddy et Honipot n'ont pas publié leur contenu.

Le taxi s'arrête devant la porte en bois et je paie le chauffeur avec des doigts tremblants, lui disant de garder la monnaie. Je n'ai que mon sac à dos avec moi, car M. Cundall m'a dit que je n'avais pas besoin de vêtements chics, ce qui est une chance, car je n'ai rien de tel. Je mets le sac sur mes épaules et je regarde la voiture faire un remarquable virage à trois points sur un chemin de terre aussi étroit, puis j'attends qu'elle soit complètement hors de vue.

Je veux que ce moment soit spécial. Privé. Cela peut sembler idiot, étant donné que j'ai accepté d'être filmé de la manière la plus intime qui soit, pour que des milliers et des milliers de personnes puissent le voir. Mais pour l'instant, je veux juste que ce souvenir soit le mien et que je puisse le chérir.

Oui, je suis terrifié. Mais je me sauve ainsi que ma mère d'une ruine financière, sans compter que c'est la chose la plus courageuse et la plus folle que j'aie jamais faite.

Je respire profondément, je déverrouille le portail, puis je me dirige vers l'allée du jardin.

Avant que je puisse frapper, la porte s'ouvre.

Et puis les voilà.

Daddy est aussi grand et fort que dans les vidéos. Il ne porte qu'un bas de jogging gris, et j'essaie de ne pas laisser mon regard se perdre sur le contour de son énorme sexe posé sur sa cuisse. Il est impossible d'ignorer l'étendue de son torse poilu, mais au bout d'une ou deux secondes, je parviens à lever mon regard pour rencontrer ses yeux sombres et orageux.

Je ne déglutis pas vraiment, plutôt difficilement. Il fait trente bons centimètres de plus que moi et deux fois plus gros, son attitude est menaçante, comme si je lui avais déjà déplu. Je me mords la lèvre et j'essaie de ne pas trembler sous son regard sévère, mais sa bouche est pincée et il croise les bras en me regardant.

Je le savais. Il est déçu.

Cherchant désespérément quelque chose d'autre pour me distraire, mes yeux se portent sur les deux silhouettes qui l'encadrent. Je réalise avec stupeur que Papi tient un téléphone à la main et que des lumières en forme d'anneaux m'éclairent d'une douce lueur. *Il filme déjà ?* Je ne me sens pas prêt, mais je ne peux plus reculer.

Papi n'est pas aussi imposant que Daddy, mais il est tout aussi masculin sous son polo et son pantalon de sport. Il est d'une beauté classique, avec des cheveux bruns doux, une mâchoire carrée et des yeux noisette chaleureux. Des poils sombres s'échappent du col de son polo, laissant entrevoir l'épaisse toison que je sais être en dessous. Son regard est rivé sur son téléphone, probablement pour regarder les images qu'il enregistre, mais il sourit, et je ne peux m'empêcher de penser que ce sourire m'est destiné.

De l'autre côté de Papi, il y a Baby, qui se trémousse d'un pied à l'autre. Je dirais que Daddy est un ours et que Papi est plutôt une loutre. Baby est un vrai ourson, un peu potelé, avec son ventre qui dépasse d'un T-shirt trop petit sur lequel il y a des Bisounours des années quatre-vingt. Malgré son jeune âge, ses cheveux sont déjà en train de se raréfier et il les garde rasés de près. J'ai envie de passer ma main sur le duvet. Je me demande s'il me laissera faire.

Son short en jean coupé couvre à peine la courbe de ses fesses rebondies que j'ai vu Daddy et Papi baiser un nombre incalculable de fois. Mais pour l'instant, je ne vois pas de star du porno. Je vois juste un homme excité, un peu plus âgé que moi, qui me salue avec enthousiasme, comme s'il était ravi que je sois là.

— Eh bien, mon garçon, grogne Daddy, ce qui me fait sursauter et me ramène à lui. Tu vas entrer ?

L'effroi me traverse. Je l'ai déjà contrarié. Oh *non, non, non !* J'essaie de chasser les larmes de mes yeux.

— Désolé, Daddy, chuchoté-je en m'agrippant aux bretelles de mon sac à dos et en baissant le regard.

Peut-être qu'il ne veut pas de moi après tout, et qu'il va me renvoyer à la gare d'où je viens à peine.

Un doigt et un pouce épais touchent soudain mon menton. C'est le même geste que celui que M. Cundall m'a fait dans son bureau, mais lorsque Daddy relève mon menton et que je le regarde dans ses yeux marron foncé, la sensation est complètement différente.

Au lieu d'être dégoûté, je suis envahi par la chaleur et le calme. Daddy penche la tête, son expression est toujours aussi féroce, mais son mouvement est doux lorsqu'il se penche…

Il presse ses lèvres chaudes et pulpeuses sur les miennes, les poils de sa courte barbe m'égratignant la peau.

Je fonds.

Tout va bien se passer maintenant.

CHAPITRE 5
Daddy

L'ANGE BLOND FOND CONTRE MOI COMME DU BEURRE. IL EST SI magnifiquement soumis et docile. J'ai senti sa tension s'évaporer dès que j'ai pris les choses en main et que je l'ai obligé à m'embrasser. Il n'est pas toujours évident, à partir d'une simple photo, de savoir comment quelqu'un va réagir dans la vraie vie au fait d'être dominé. Mais dans ses grands yeux doux et son sourire plein d'espoir sur le selfie, j'ai senti un besoin honnête et ouvert d'être pris en charge.

Je suis heureux de ne pas être déçu.

Il gémit dans ma bouche et je glousse. Il n'a probablement aucune idée de ce que ces sons obscènes provenant de sa jolie bouche me font. Je frotte mon sexe déjà à moitié dur contre sa hanche, pour qu'il n'ait aucun doute.

Il halète et j'en profite pour lui mordiller la lèvre inférieure.

— Bienvenue chez nous, Goldie, grogné-je.

Il me regarde en clignant des yeux, l'air un peu ivre après le baiser. *Oh, mon garçon. Si tu penses que c'était chaud, attends que je plonge ma queue en toi.*

— Goldie ? répète-t-il.

J'acquiesce.

— C'est ton nom pour cette visite, lui dis-je.

Je n'ai même pas pris la peine de regarder le nom sur le dossier. C'est mon ange blond, c'est tout ce qui compte en cet instant.

Son visage se fend du magnifique sourire pareil à la photo qui nous obsède, mes hommes et moi, depuis quelques jours.

— Goldie, accepte-t-il, les yeux brillants.

Je frotte une de ces jolies boucles entre mes doigts et mon pouce, pour sentir à quel point elle est soyeuse. C'est vraiment un chérubin.

Je me retourne et je prends doucement le téléphone de Papi pour pouvoir continuer à filmer.

— Dites bonjour à notre invité, les garçons, leur dis-je.

Bien sûr, Baby se précipite vers Goldie et l'entoure de ses bras, se blottit contre son cou et lui frotte le dos.

— Nous sommes si heureux de t'avoir ici, s'écrie-t-il.

Il place ses mains de chaque côté du visage effrayé de Goldie et passe ses pouces sur les pommettes roses et hautes.

— Daddy va prendre grand soin de toi. Nous prendrons tous soin de toi.

Ma bouche esquisse un sourire. L'enthousiasme de Baby transperce même mon attitude hargneuse. C'est l'une des raisons pour lesquelles je l'adore tant. Quand Baby est là, tout le monde est le bienvenu.

Je passe ma main dans son dos.

— Je pense que notre beau garçon mérite un baiser. N'est-ce pas, Baby ?

Il me sourit et bat des cils.

— Oui, Daddy.

Il se retourne vers Goldie, dont les paupières se ferment tandis qu'il se penche docilement pour être embrassé. Je grogne de reconnaissance en les regardant, appréciant que mes deux jolis garçons apprennent à se connaître. Oh, oui. Je pense qu'ils vont être magnifiques ensemble.

Je ne suis pas le seul à regarder avec appétit le spectacle. Papi referme discrètement la porte d'entrée derrière Goldie, veillant à ne pas les déranger ou les distraire. Je lui fais un signe de tête pour lui faire comprendre que je veux qu'il se joigne à nous pendant que je reste en retrait pour tout filmer.

Le sourire de Papi est timide et doux, mais la façon dont il glisse ses mains sur la nuque des deux garçons est impérieuse et délicieuse. Goldie et Baby frissonnent et se séparent.

Papi dépose un baiser sur le coin de la bouche de son mari, puis se retourne pour croiser le regard de notre nouvel invité.

— Bonjour, Goldie, dit-il d'une voix chaude et rauque.

Je vois la façon dont Baby réagit à cette voix, même après toutes ces années.

— Je serai ton Papi pour le week-end. C'est un plaisir de te rencontrer.

— Enchanté, Papi, répond Goldie en le regardant à travers ses cils.

— Puis-je t'embrasser aussi ? demande Papi en passant son pouce sur la partie inférieure des lèvres gonflées de Goldie.

Goldie acquiesce, puis semble trouver sa voix.

— Oui, Papi. J'aimerais beaucoup.

— Bon garçon. Doux garçon, le félicite Papi, et Goldie gémit à l'éloge. Tu es étonnamment beau. Merci beaucoup d'être venu jouer avec nous ce week-end.

— Merci beaucoup de m'avoir invité, réplique Goldie, à bout de souffle. Je n'arrive toujours pas à y croire, et je ne sais pas vraiment pourquoi. Je veux dire, euh…

Je m'esclaffe devant ses manières enfantines, et Papi sourit aussi.

— Tu es un garçon spécial, dit-il à Goldie, en lui caressant la nuque de manière possessive. Évidemment, nous devions t'inviter chez nous. Tu vas être bon pour nous, n'est-ce pas ?

— Très bon, acquiesce Goldie avec un hochement de tête enthousiaste, mais ses paroles sont encore nerveuses et hésitantes.

Cela fait longtemps que je n'ai pas joué avec quelqu'un comme ça. Enfin, je ne pense pas avoir jamais joué avec quelqu'un comme Goldie. Mais je n'ai jamais eu le plaisir de dominer quelqu'un d'aussi pur et qui a désespérément besoin d'être loué.

Baby est un vilain garçon qui peut parfois devenir insolent lorsqu'il veut une bonne fessée. Papi est bon et doux avec moi, mais il n'a pas besoin d'être rassuré comme Goldie semble l'être. C'est comme s'il en avait autant besoin que d'oxygène. Je soupçonne qu'il n'a jamais eu personne pour s'occuper de lui ou lui dire à quel point il est merveilleux.

Eh bien, maintenant, il nous a, nous. Même si ce n'est que pour un petit moment.

Papi embrasse Goldie avec force, serrant les deux garçons contre lui dans ses bras puissants. Baby se mord la lèvre et passe sa main le long du flanc de Goldie. J'aime ce que je vois. Trois hommes magnifiques, tous à moi pour les commander et en prendre soin, tous en train de se faire plaisir.

Je tiens le téléphone d'une main, m'approchant un peu plus pour bien photographier le baiser, puis je laisse tomber mon autre main pour palper mon érection qui s'épaissit à travers mon jogging.

Oui, il est temps d'élever cette fête de bienvenue d'un cran.

— Goldie, viens ici, ordonné-je.

Papi rompt le baiser pour le libérer et je lui passe le téléphone. Goldie s'avance devant moi, la bouche rose vif et les pupilles dilatées.

— Bon garçon, le loué-je parce que c'est vrai, mais aussi parce que je veux entendre son souffle coupé.

Il ne me déçoit pas.

— Si bon, murmuré-je.

Il reste immobile pendant que je passe les anses de son sac sur ses épaules et que je lui enlève. Baby s'avance, impatient de le prendre, et le serre contre sa poitrine. Il est très serviable ce soir. Je peux voir à quel point il veut que notre nouveau venu se sente le bienvenu.

Je suis d'accord.

Je prends la main de Goldie et la place contre ma queue, dure et palpitante à travers le pantalon en coton. Les yeux de Goldie s'écarquillent sous le choc et il halète. Je souris.

— Tu vois comme tu as déjà rendu Daddy heureux ?

— Oui, Daddy, balbutie-t-il.

Son regard alterne entre moi et ma queue primée comme s'il avait affaire à un cheval nerveux qui risquerait de lui échapper.

Comme un cheval, j'ai certainement quelque chose à lui faire monter.

Je me penche pour murmurer à son oreille tandis que ma main glisse sur son cul, le caressant.

— Tu as été un bon garçon pour Daddy ? Es-tu prêt pour sa grosse queue ?

Il bafouille adorablement, comme une vierge rougissante.

— Oui, Daddy. Je porte le, euh, *plug*.

Je souris devant son embarras. Je me demande s'il en a déjà porté un auparavant, puis je décide, vu la façon dont il devient cramoisi, que ce n'est certainement pas le cas.

— Bon garçon, tu obéis à ton Daddy et tu essaies de nouvelles choses. Je suis fier de toi.

Il gémit et ses yeux se ferment. J'appuie plus fort, trouvant la base du plug à travers son jean et la stimulant. Il halète et gémit, levant ses petites mains pour se soutenir contre mon torse. Ses paumes chaudes contre ma peau sont agréables.

J'ai besoin de plus.

J'embrasse à nouveau ses lèvres, puis je fais glisser celle du bas entre mes dents.

— Une si jolie bouche, grogné-je en frottant sa lèvre inférieure avec la pulpe de mon pouce. Je pense qu'elle serait délicieuse enroulée autour de ma queue monstrueuse. Pourquoi ne serais-tu pas un bon garçon et ne t'agenouillerais-tu pas pour Daddy ?

Il se fige.

Je cligne des yeux, ne sachant pas trop ce qui se passe.

— Daddy ? murmure-t-il.

On dirait presque une supplique. Pendant une seconde, je crains qu'il utilise son mot de sécurité.

Pour une fellation.

Que se passe-t-il ici ?

J'incline son menton pour qu'il me regarde.

— Oui, mon doux garçon ?

Il a les larmes aux yeux et tremble. Est-ce que c'est de la comédie ? Parce qu'en ce qui me concerne, les gentils et doux garçons ne devraient supplier, trembler et pleurer que parce que je les baise si fort qu'ils sont désespérés de jouir.

Il ferme les yeux et respire profondément.

— Je pourrais… je pourrais ne pas être très doué pour ça, explique-t-il si doucement que je le saisis à peine. En fait, je ne pense pas l'être. Doué à ça, je veux dire. Je suis désolé. Je ne veux pas te décevoir.

C'est forcément de la comédie. Un aspirant star du porno qui ne pense pas être doué pour la fellation ? C'est difficile de foirer ça, vraiment. Une bouche chaude et en manque sur ma queue, c'est toujours un bon moment. J'aime même un peu de dents, alors il ne peut pas se tromper sur ce point.

— Tu ne me décevras pas si tu fais ce que je te dis, lui

assuré-je. Parce que tu es un bon et gentil garçon qui veut rendre Daddy heureux, n'est-ce pas ?

Ses yeux se rouvrent enfin.

— Oh, oui, Daddy. Oui, je veux te rendre heureux.

— Tu n'as plus besoin de t'inquiéter maintenant que tu es là. Daddy va juste te dire ce que tu dois faire, d'accord ?

Il acquiesce et je lui frotte le côté du cou.

— Quelle est ta couleur, mon ange ?

Il déglutit, semblant vraiment y réfléchir.

— Vert, Daddy.

Je fredonne en appréciant.

— Doux comme du miel, susurré-je en passant mes doigts dans ses mèches dorées et en les tirant d'un coup sec.

Il halète et se mord la lèvre, puis presse son érection coincée dans son jean contre ma cuisse.

Nous y voilà. C'est beaucoup mieux. Je décide qu'il doit s'agir d'une comédie, et je suis d'accord tant qu'il m'écoute quand je lui dis qu'il est bon et parfait. Je n'aime pas que mes garçons soient en désaccord avec moi alors que c'est moi qui sais le mieux.

— Je crois que je t'ai demandé de te baisser et de me sucer, n'est-ce pas, Goldie ? Papi et Baby veulent voir à quel point tu es avide de ma queue.

Goldie cligne des yeux et jette un coup d'œil à mes hommes comme s'il avait oublié leur présence. Il rougit adorablement, mais à la façon dont sa respiration s'accélère, je sais qu'il prend déjà son pied à l'idée d'être observé.

Je pense que notre doux ange blond est plutôt innocent pour quelqu'un qui a décidé de se lancer dans le divertissement pour adultes. Mais à mes yeux, il n'en est que plus délicieux. Il est à *moi,* et je vais lui montrer tant de choses nouvelles et excitantes.

Je vais le *ruiner* pour d'autres hommes.

CHAPITRE 6

Goldie

MES NERFS COMPRIMENT MA POITRINE LORSQUE DADDY POSE une énorme main sur mon épaule et me pousse à genoux. Robert s'est toujours plaint que je n'étais pas doué pour les fellations, mais il a toujours insisté pour que je le fasse quand même, en me tenant la tête pour que je ne puisse pas m'éloigner.

Puis il se moquait de moi alors que je faisais de mon mieux pour le satisfaire.

Je veux tellement être bon pour Daddy, et je veux impressionner Papi et Baby qui nous regardent. La caméra n'a presque aucune importance. Je ne me soucie pas d'un public sans visage. Ces hommes ont tous été si gentils avec moi, ils m'ont fait me sentir spécial et bienvenu. Je ne veux pas les décevoir.

Daddy me caresse les cheveux, puis me prend le côté du visage.

— Sors la queue de Daddy et suce-la, mon ange blond. J'en ai assez d'attendre.

J'ai le souffle coupé.

— Je suis désolé, Daddy, murmuré-je.

Il secoue la tête.

— Je sais que tu es un bon garçon. Tu as peur qu'elle soit trop grosse ?

J'acquiesce parce que c'est mieux que de penser à l'horrible Robert, et c'est vrai aussi. Je peux voir à travers le bas de jogging ample que Daddy est déjà assez dur, et je suis un peu inquiet de savoir si je vais être capable de mettre ma bouche autour de cette circonférence. J'ai aussi l'impression que le fait de s'inquiéter que son sexe soit trop gros est en fait un beau compliment.

Bien sûr, Daddy sourit et mon cœur se réchauffe.

— Tu peux le faire, mon garçon, m'assure-t-il.

Il frotte son pouce sur ma lèvre inférieure, puis le pousse dans ma bouche. Je suce docilement et sa bouche prend la forme d'un O.

— Putain. Joli. N'est-il pas beau, les garçons ?

Je jette un coup d'œil en biais pour voir Baby debout devant Papi. Ils nous regardent tous les deux pendant que Papi tripote Baby à travers son short défait et lui embrasse le cou. La caméra est posée sur une table voisine et nous filme tous.

Baby hoche la tête, le souffle court.

— Si jolie, Goldie. Tu peux le faire. La queue de Daddy a un goût délicieux, et elle te fera mal à la mâchoire de la meilleure façon qui soit.

Je respire profondément par le nez, je suce toujours le pouce de Daddy et je me détends. C'est lui qui commande. Il me dira si je suis nul. Je sais qu'il le fera. Tout ce qui compte, c'est que je sois bon en faisant de mon mieux.

J'ai un peu l'impression de flotter, comme si mon corps n'était pas tout à fait le mien, alors que je libère le pouce de Daddy et que je tends la main pour tirer la ceinture de son jogging vers le bas. Il ne bouge pas du tout pendant que je le fais glisser sur ses hanches et le long de ses cuisses épaisses et poilues, permettant à son énorme érection de se libérer.

Je déglutis, l'observant comme un adversaire. Je sais que je suis plutôt petit et maigre, mais je jure qu'elle fait à peu près la taille de mon avant-bras et de mon poing.

Comment vais-je pouvoir prendre ça dans le *cul*, et encore plus dans la bouche ?

Daddy me passe les doigts dans les cheveux, et j'entends le bruit du claquement de Papi en train de masturber Baby. Ils s'excitent en *me* regardant. Je les excite déjà. Je dois juste m'accrocher à ce sentiment flottant de ne pas m'inquiéter et simplement faire ce qu'on me dit. Je serai un bon garçon obéissant pour Daddy et je le rendrai heureux. Je les rendrai tous heureux et ils ne regretteront pas d'avoir choisi de m'inviter ici.

La fierté que j'éprouve à cette idée me pousse à tendre la main pour enrouler mes doigts autour de la base, puis à lécher le bout non circoncis qui goutte comme une sucette.

— C'est ça, mon ange blond, gémit Daddy, ses ongles griffant mon cuir chevelu, me faisant frissonner. Prends tout. Laisse Daddy baiser ta jolie bouche.

J'étire mes lèvres autour du gland, le poussant contre ma joue tout en essayant de me rappeler tout ce que j'ai lu sur la façon de bien sucer. J'ai fait beaucoup de recherches après les plaintes de Robert, mais rien n'est comparable à l'entraînement sur une vraie queue.

Je frotte ma langue contre la hampe et caresse la base avec ma main, en la tordant et en la pressant. C'est comme de l'acier enveloppé de velours et ça a un goût salé et musqué, comme de l'homme pur, non distillé. C'est bien mieux que Robert, que je n'évoquerai plus jamais après cette expérience paradisiaque.

— Oui, mon bel ange, *oui*, siffle Daddy.

Il resserre sa prise sur mes cheveux, faisant basculer ma

tête plus rapidement sur sa longueur. Je cligne des yeux, déterminé à ne pas crachoter alors que je m'efforce d'engloutir ce monstre autant que je le peux.

— Si bon pour ton Daddy, si parfait. Papi et Baby pensent que tu es un bon garçon en manque, n'est-ce pas ?

— Si chaud, putain, murmure Baby d'une voix rauque, ses mots s'envolant tandis que Papi le taquine.

— Tu es magnifique, Goldie, dit chaleureusement Papi. Si bon pour notre Daddy. Comme il savait que tu le serais.

J'essuie de nouveau des larmes, mais ce n'est pas à cause de mes haut-le-cœur.

Je n'ai franchi la porte qu'il y a vingt minutes. Comment ce rêve peut-il être réel ? Je me suis masturbé un nombre incalculable de fois sur les vidéos de ces hommes incroyablement sexy. J'ai l'impression de les connaître depuis des années. Comment se fait-il que je sois là maintenant, à recevoir ces éloges avec une queue aussi énorme qui me chatouille les amygdales ? C'est tellement surréaliste. Ça m'aide à m'évader encore plus.

Je n'ai pas à prendre de décisions. Je ne suis responsable de rien. Daddy me dira comment être bon pour lui, et je le ferai. C'est aussi simple que ça.

Il laisse tomber sa tête en arrière et grogne comme un animal. Puis il lâche brusquement mes cheveux pour m'attraper le bras et me hisser à nouveau sur mes pieds. De la salive coule sur mon menton, mais avant que je puisse l'essuyer, il m'embrasse brutalement.

— Tu es un vilain garçon pour avoir menti à ton Daddy, grogne-t-il lorsqu'il libère enfin ma bouche.

Mon cœur s'effondre. Comment ai-je pu être vilain ? Mais il s'avère que ce n'est pas un mauvais genre de vilain, pas vraiment. Il fait la moue et hausse un sourcil.

— Tu m'as dit que tu n'étais pas doué pour sucer des bites.

Je vais te faire sucer Papi et Baby maintenant, pour que tu puisses voir à quel point tu avais tort.

Je tremble sous l'effet de l'adrénaline. Il va m'*obliger* à les sucer. Je n'ai pas le choix et j'aime ça plus que je ne peux le dire.

— Oui, Daddy. Je suis désolé, bafouillé-je. Je ne mentirai plus jamais.

Prends ça, Robert. Daddy dit que je suis un *champion* de la pipe.

Daddy me donne un coup sur les fesses, ce qui me fait sursauter.

— Vas-y, maintenant. Rampe pour moi. À tour de rôle, rends mes hommes heureux. Ils ont faim de ta petite bouche gourmande.

Alors que je me mets à quatre pattes, Daddy ôte son jogging, le laissant glorieusement nu. Ses muscles ne sont ni acérés ni particulièrement définis, car ils sont cachés sous une couche de graisse et de poils épais et duveteux. Je l'imagine en train de me plaquer au sol avec tout son corps formidable et je deviens encore plus dur dans mon jean que je ne le suis déjà.

Papi se tient toujours derrière Baby. Il relâche son érection et enroule sa main autour de la gorge de Baby, et ils me regardent tous les deux alors que je m'agenouille devant eux. La verge de Baby est un peu courte et potelée, comme le reste de son corps, et elle est au garde-à-vous après la façon dont Papi a joué avec elle. Avant même de la goûter, je décide de l'aimer. Elle est mignonne et douce, tout comme lui.

Je la mets facilement dans ma bouche, et je la suce et la lèche comme si ma vie en dépendait. Baby s'enfonce en moi en grognant et en haletant.

— C'est bon, Baby ? demande Papi.

Je les regarde à travers mes cils, le ventre palpitant d'impatience. Je veux que mon nouvel ami aime ça, qu'il *m'*aime.

Baby acquiesce, la main de Papi toujours autour de sa gorge.

— C'est si bon, Papi. Tu vas adorer sa jolie bouche chaude.

J'ai l'impression d'avoir pris un bain de soleil.

— Je n'en doute pas, Baby, murmure Papi. Dis merci à Daddy de nous avoir donné un si beau jouet pour jouer. N'est-ce pas qu'il s'occupe si bien de nous ?

— Merci, Daddy, souffle Baby.

Il regarde derrière moi, puis ancre ses yeux dans les miens.

— J'aime notre joli ange blond. Je veux le garder.

Me *garder* ?

Je baisse les yeux, incapable de faire face aux sentiments qui gonflent dans ma poitrine. Ce n'est qu'une scène. Il dit ça pour la performance. C'est seulement pour le week-end.

Pourtant, je ne peux pas nier que c'était *vraiment* agréable à entendre.

Je rouvre les yeux quand je sens la main de Papi dans mes cheveux. Il se penche pour embrasser Baby, qui tend la main vers sa grosse queue dure sans se faire prier.

— Avec plaisir, Baby, gronde Papi contre sa bouche. Il est à nous pour tout le week-end, nous pouvons lui faire ce que nous voulons. Il va être notre bon petit garçon en manque.

Je gémis. Je suis à *eux*. Je *leur* appartiens.

Même si ce n'est que pour un temps, j'accepte. Pour une fois dans ma vie, je ne suis responsable de rien. Je n'ai pas à m'inquiéter ou à me sentir comme si j'avais le poids du monde sur les épaules. Tout ce que j'ai à faire, c'est de suivre les conseils de M. Cundall.

Allonge-toi et pense à l'Angleterre, pendant que Daddy, Papi et Baby me font toutes les belles choses salaces qu'ils veulent.

Je suis au paradis.

CHAPITRE 7
Papi

Je gémis et laisse ma tête retomber contre le mur, regardant Goldie avaler ma queue comme un chef. Aussi excité que je suis, mon cœur me fait mal. Il avait l'air complètement bouleversé lorsque Daddy lui a demandé de le sucer pour la première fois, affirmant dans un murmure tremblant qu'il n'était pas doué, manifestement désemparé à l'idée de décevoir Daddy.

Qui l'a brisé comme ça ? Qui lui a fait croire que sa jolie bouche n'était pas parfaite ?

Qui que ce soit, c'est manifestement un fou furieux. J'ai été sucé par un nombre incalculable d'hommes, et ce gentil garçon est un naturel. Sa technique n'est pas compliquée, mais elle est sincère et enthousiaste. Il me fait sentir que me prendre dans sa bouche est le plus beau cadeau que je puisse lui faire.

Daddy et Baby sont pressés contre moi. Daddy est nu et a la main sous mon polo, pinçant et frottant mes mamelons tout en regardant Goldie me sucer. Baby est presque toujours habillé, avec sa belle érection qui dépasse de son short ouvert. Il s'est blotti contre moi, mon téléphone en main pour qu'il puisse avoir un point de vue sur la performance impeccable de Goldie.

Goldie lève les yeux vers moi, la salive coulant le long de son menton, battant ses cils humides. Je tends la main et effleure une larme perdue sur sa joue, quand il a eu un haut-le-cœur, et il se penche vers moi. Il gémit.

— C'est si bon, mon ange, lui chuchoté-je.

Cela fait si longtemps que je n'ai pas eu un garçon qui avait autant besoin d'entendre mes louanges. Baby était comme ça avant, et je ne pourrais pas être plus fier du magnifique garçon, parfois insolent, qu'il est devenu. Mais il y a quelque chose de vraiment spécial dans le fait de savoir qu'un soumis a *besoin* de *vous* de cette façon. Comme si sa vie dépendait de votre bonne opinion.

Il est si facile de la donner à quelqu'un comme Goldie, qui est merveilleusement docile et désireux de plaire. C'est comme travailler avec de la pâte à modeler chaude. Je ne doute pas que ce week-end, Daddy – avec mon aide et celle de Baby – créera un chef-d'œuvre.

Le calme qui se dégage de ses yeux mouillés est à couper le souffle. Il est passé des tremblements de peur aux tremblements de plaisir. J'aime le sentiment de puissance que cela me procure. C'est notre Daddy qui a fait ça. Je l'aide maintenant. J'ai envie de l'envelopper dans une centaine de couvertures et de lui murmurer à quel point il est parfait.

Peut-être en le caressant. Je parie qu'il en a une belle.

J'adore les différentes tailles que nous avons tous les trois et combien nous adorons et vénérons les autres. Baby était timide à propos de sa taille avant notre rencontre, mais il ne m'a pas fallu beaucoup de temps pour lui faire comprendre à quel point elle est magnifique. Je suis plus petit que le monstre de Daddy que Baby et moi adorons chevaucher, mais cela me rend parfait pour réchauffer les orifices chauds et serrés dans lesquels Daddy pourra ensuite se glisser.

J'espère qu'il me laissera baiser Goldie en premier, même s'il porte le plug. Je veux sentir sa zone la plus intime m'envelopper. Je veux que le monde entier me voie être le premier à baiser cette entrée serrée et à le faire crier de la meilleure façon qui soit.

— Arrête, Goldie, ordonne Daddy.

Je gémis et blottis ma tête contre son torse poilu en signe d'inconfort, tandis que Goldie obéit immédiatement, libérant ma queue et s'asseyant sur ses talons. Il nous regarde, sa poitrine se soulevant et s'abaissant, attendant la prochaine instruction comme un petit chiot obéissant.

— Bon garçon, le félicite Daddy, et les yeux de Goldie s'illuminent de fierté. Lève-toi maintenant et laisse-nous te regarder. Ah, non, s'exclame-t-il lorsque Goldie s'apprête à s'essuyer le menton. Je veux voir la preuve de tout le plaisir que tu as pris. Tu as adoré sucer la queue de Daddy et celles de ses hommes, n'est-ce pas ? Tu étais avide de toutes ces queues.

— Oui, Daddy, murmure Goldie en se levant et en vacillant légèrement.

Il est essoufflé, ses pupilles sont dilatées et son jean présente un renflement important.

Daddy me frotte le ventre et je gémis, je me blottis davantage contre son torse et je respire l'odeur de son excitation.

— Je pense que vous portez tous beaucoup trop de vêtements à mon goût. Mon ange, déshabille-toi pour nous. Laisse tes amants voir à quel point tu es beau.

Goldie se mord la lèvre, et je vois revenir cette lueur de peur. Je lève les yeux vers Daddy, qui se renfrogne. Il n'aime pas qu'on lui désobéisse, parce qu'il sait ce qui est le mieux pour nous tous. Mais Goldie est vraiment timide, et je ne veux pas qu'il se sente obligé de protéger ses mots lors de sa toute première scène avec nous.

— Qu'est-ce qu'il y a, Goldie ? lui demandé-je gentiment. Tu ne sais pas à quel point tu es beau ?

— *Si* beau, ajoute Baby en palpant son érection.

Je souris en voyant à quel point mon magnifique mari veut jouer avec notre nouveau jouet. D'habitude, nos invités sont de gros accros aux salles de sport qui ne se posent pas de questions sur la façon dont ils peuvent baiser Baby. Je sais qu'il aime toujours ça, mais je peux voir son excitation à l'idée d'avoir un autre passif avec lequel jouer. C'est une énergie différente, et je pense que nous aimons tous ce changement de rythme.

Tant que Goldie est heureux, lui aussi.

— Daddy a raison, mon ange, reprends-je. Nous voulons tous te voir. Ne le fais pas attendre.

— Je... je suis tellement maigre, murmure Goldie en jetant un coup d'œil nerveux à la caméra. Désolé, je ne devrais pas dire des choses comme ça, n'est-ce pas ? On est en direct ?

Je cligne des yeux, confus. Ne sait-il pas comment ça fonctionne ? S'il se lance dans l'industrie, il devrait sûrement avoir fait des recherches à ce sujet ?

Nous en reparlerons plus tard. La seule chose qui compte maintenant, c'est de rassurer notre ange blond.

— Non, mon garçon, dis-je gentiment. Je vais éditer tout ça. Et il est important que tu poses des questions si tu n'es pas à l'aise. N'est-ce pas, Daddy ?

Mais Daddy fronce les sourcils.

— Il est important que les bons garçons écoutent leur Daddy, grogne-t-il. Je t'ai dit que tu étais beau, mon ange blond, et maintenant je veux te voir en entier. Ton Daddy te mentirait-il ?

Goldie s'affaisse visiblement, un sourire se dessine sur son visage tandis qu'il regarde Daddy avec respect.

— Non, bien sûr que non. Je suis désolé de ne pas t'avoir cru, Daddy. Je serai bon pour toi maintenant.

— C'est ça, mon précieux garçon, ronronne Daddy tandis que Goldie fait passer son mince pull-over à rayures argentées et grises par-dessus sa tête.

Il le laisse tomber sur le sol, laissant ses cheveux dorés dans un halo statique autour de sa tête.

Je dirais qu'il est plus mince que maigre, avec des mamelons roses comme des cailloux et un léger duvet blond qui descend du nombril et disparaît sous son jean. Il rougit en retirant ses baskets et ses chaussettes, mais il n'hésite pas à déboutonner son jean. Dans une dernière inspiration, il le baisse avec son caleçon et se débarrasse de ses derniers vêtements.

Il tremble en laissant retomber ses mains le long de son corps, mais il réussit à lever les yeux vers nous, son regard sauvage cherchant clairement notre approbation.

— Putain de beauté, grogne Daddy, parlant au nom de tous. Touche ta queue pour nous, mon ange. Laisse-nous te voir.

Goldie se lèche les lèvres, son regard ne quitte pas celui de Daddy tandis qu'il lève la main et l'enroule autour de sa longueur. Malgré sa minceur et sa taille moyenne, je dirais que son sexe est à peu près de la même taille que le mien, bien que le sien soit légèrement plus courbé vers la gauche. J'ai hâte de le goûter tandis qu'il se caresse lentement.

— C'est si bon, mon garçon, dit Daddy. Viens ici maintenant. Ne te fais pas jouir.

Goldie halète en se rapprochant de nous, tout en se touchant délicieusement. Daddy lui attrape le menton et lui dévore la bouche avec sa langue. Ses lèvres sont vraiment meurtries par tous les baisers que nous avons échangés jusqu'à présent, et je sais que nous sommes loin d'en avoir fini avec lui.

— Déshabille mes hommes pour moi, Goldie, murmure Daddy contre ses lèvres avant de retirer la caméra de la main de Baby. J'ai besoin que tous mes garçons soient nus et qu'ils s'étouffent avec ma grosse queue. Tu peux faire ça pour moi ?

— Oui, Daddy, répond-il avec révérence, puis il se tourne vers moi, les yeux brillants d'impatience.

J'adore être déshabillé par quelqu'un d'autre. D'habitude, ce n'est pas quelque chose que nous faisons avec nos camarades de jeu. Quand nous sommes seuls, Daddy adore me déshabiller, ou parfois il ordonne à Baby de le faire, comme il l'a fait avec Goldie. C'est plus intime que lorsqu'il enroulait ses lèvres autour de ma hampe, et je blottis mon nez contre le sien tandis que ses doigts effleurent mon ventre, se préparant à soulever mon polo.

— Bon garçon. Joli garçon, lui rappelé-je.

Je suis récompensé par un fredonnement et un sourire timide avant qu'il n'enlève mon polo et le laisse tomber par terre. Ma braguette est déjà défaite à cause de la pipe, alors il baisse mon pantalon et enlève mes chaussettes pour finir le travail. Lorsqu'il se redresse, je l'embrasse.

— Merci, murmuré-je contre sa bouche.

— De rien, Papi, dit-il gentiment en passant ses mains sur les poils de mon torse.

Il ne reste plus que les vêtements de Baby. Les deux garçons gloussent lorsque Goldie enlève le T-shirt « Bisounours », puis descend le short. Baby saisit le visage de Goldie pour l'embrasser, et ce dernier pose ses mains sur le ventre de Baby.

Ils sont adorables ensemble.

Daddy me repasse la caméra, puis tend la main aux beaux garçons.

— Goldie, viens voir ton Daddy maintenant.

Goldie sourit à Baby et lui donne un dernier baiser sur le nez avant d'obéir à l'ordre et de prendre la main de Daddy.

Ce dernier l'embrasse à nouveau brutalement, caressant d'abord l'érection de Goldie, l'enduisant de précum sur toute sa longueur, puis passant la main derrière lui pour frotter l'extrémité du plug.

— Je pense qu'il est temps de l'enlever et de te remplir de quelque chose de chaud et d'humide, n'est-ce pas, mon ange doré ?

Goldie cligne des yeux, déjà ivre de sexe.

— Oui, s'il te plaît, Daddy, gémit-il.

Daddy le conduit par la main dans le couloir.

— Bien, je pense qu'il est l'heure d'aller se coucher. Mais personne n'a encore le droit de dormir.

Il nous fait un clin d'œil par-dessus son épaule, à Baby et à moi, et mon cœur s'emballe. Après toutes les scènes que nous avons tournées au fil des ans, je sais quand quelque chose va être spécial.

J'ai le sentiment que ça va être *sensationnel*.

Baby me tapote le bras et je fais une pause dans le tournage. Nous pourrons reprendre dans la chambre dans une minute, pour l'instant, je veux accorder toute mon attention à mon mari.

— Oui, bébé ? dis-je, en souriant, avant de l'embrasser le long de sa mâchoire.

— Papi, gémit-il. *Papi.*

— Je suis là, Baby. Qu'est-ce qu'il y a ?

Il se lèche les lèvres et scrute mon visage, comme s'il était nerveux.

— Baby ? insisté-je, soudain inquiet.

— Je l'aime vraiment bien, dit-il, et mes inquiétudes s'évanouissent aussi vite qu'elles sont arrivées. Je sais qu'on vient de le rencontrer, mais il est spécial, tu ne trouves pas ?

Je passe ma main dans les cheveux de Baby, la sensation de picotement me fait frissonner. Puis je prends nos deux sexes en main, les serrant l'un contre l'autre.

— Je pense que c'est un trésor, admis-je en toute sincérité. Mais j'aime surtout la façon dont tu t'illumines autour de lui. Je pense que vous allez être magnifiques à regarder jouer ensemble.

Il acquiesce avec impatience, ses yeux gris pétillent.

— Nous allons faire en sorte que Daddy et toi soyez très excités, dit-il à bout de souffle. Je serai vilain et Goldie sera gentil.

Je donne une claque à son cul pulpeux, le faisant vaciller.

— Et ce n'est même pas encore Noël, plaisanté-je tandis qu'il s'esclaffe. Allez, viens. On n'a pas intérêt à faire attendre Daddy.

Je réfléchis aux paroles de Baby en le conduisant à la chambre. Il y a quelque chose de nouveau dans notre dynamique à quatre qui, je dois l'admettre, me réchauffe le cœur. Je sais que nous avons réservé Goldie pour le week-end, mais je me demande déjà s'il pourrait rester plus longtemps ou accepter de revenir une autre fois. J'aime ce qu'il nous fait à tous les trois.

Est-il trop tôt pour penser à l'avenir ?

CHAPITRE 8

Goldie

C'EST À LA FOIS TROP ET PAS ASSEZ. MON ESPRIT EST UN PUR bruit blanc alors que je flotte au-dessus de moi-même, mon corps est inondé de trop de sensations pour que je puisse vraiment tout assimiler. J'adore ça, surtout parce que comme mes pensées sont silencieuses, il ne reste plus que le plaisir tortueux qui me consume.

Je suis dans la chambre de Daddy qu'il partage avec Papi et Baby. J'ai vu d'innombrables vidéos de cet espace, et me voilà maintenant avec eux sur le lit ridiculement énorme. Lorsque nous sommes entrés pour la première fois, Daddy m'a soulevé et m'a déposé sur le matelas, puis il a retiré le plug et m'a dévoré l'anus sous le regard de Papi et de Baby. Papi a peut-être installé d'autres caméras. Honnêtement, je n'en suis pas sûr.

Je suis concentré sur des questions plus immédiates.

Puis Daddy m'a laissé, nu, tremblant et haletant, allant s'asseoir dans un fauteuil moelleux dans un coin de la pièce.

— Tu sais ce que je veux, s'est-il contenté de me dire.

Avant que je puisse m'inquiéter du fait que je n'avais

aucune idée de ce que cela signifiait, Papi et Baby avaient rampé sur le lit avec moi, me mettant à quatre pattes.

Ensuite, Baby m'a encore donné sa queue pendant que Papi me lubrifiait et enfonçait son érection chaude et dure profondément en moi. Le plug avait aidé à l'étirement, mais ce bout de caoutchouc *n'était rien* comparé au fait d'avoir une verge palpitante enfoncée en moi. J'aurais crié si ma bouche n'avait pas été pleine de la longueur potelée de Baby.

— C'est ça, les garçons, grogne Daddy.

Je vois du coin de l'œil qu'il se caresse en nous regardant, et tout mon corps *brûle*.

— Baisez notre petit ange blond bien fort. Il adore ça, n'est-ce pas, mon ange ?

Je gémis aussi fort que possible, la bouche pleine, ce qui fait glousser Daddy d'un air sombre. *Bon sang*, j'adore ce son.

— Bien sûr que tu aimes ça. Tu es un si bon garçon, si gourmand, fait pour prendre nos queues toute la nuit.

Je tremble sur mes mains et mes genoux quand les pénétrations de Papi poussent ma bouche sur le membre de Baby, encore et encore. Baby me caresse le visage d'une main, l'autre reposant sur son ventre. Nos yeux se croisent et il me contemple.

— Si bon, mon ange, murmure-t-il comme si c'était notre petit secret. Ta bouche est incroyable. J'adore ça. Et tu es *si* beau.

Mes yeux se ferment sous l'effet des louanges, et je me laisse envahir par elles. Je me sens putain de *magnifique* sous les regards brûlants de ces trois hommes.

Je pensais que ma présence ici n'aurait presque aucune importance pour eux. Qu'ils me feraient sentir comme un accessoire. Mais là, je suis la *star*. C'est comme si j'étais sur scène, sous les projecteurs. Dans la vraie vie, l'idée de me produire devant des gens ou de parler en public me ferait m'évanouir de nervosité. Mais avec ces trois hommes, je me délecte de l'attention comme si j'étais né pour briller pour eux.

Papi frappe ma prostate et je gémis, ma respiration est irrégulière. Il tient mon cul ouvert pendant que sa queue m'empale encore et encore. Il est tellement *sûr de lui.* Il sait ce qu'il veut – ou plutôt ce que Daddy veut qu'il fasse – et il le fait. Je n'ai jamais fait l'amour comme ça. En m'épargnant toute décision, Daddy m'a donné confiance en moi aussi. Comme si j'étais capable de n'importe quoi.

Plus que ça. J'ai l'impression que pour la première fois de ma vie, je suis vraiment *doué* pour le sexe.

Mon membre dur coule et rebondit contre mon ventre tandis que je me fais baiser par les deux bouts. Je sens mon orgasme monter en moi et je me demande si je vais pouvoir jouir sans être touché. Mais Daddy n'a pas dit que je pouvais jouir, et mon instinct me pousse à attendre. Daddy sait ce qu'il y a de mieux. Il me le dira quand le moment sera venu.

Si M. Cundall m'avait informé que je ferais quelque chose d'aussi graphique moins d'une heure après avoir franchi la porte d'entrée, j'aurais probablement pris mes jambes à mon cou. C'est tellement loin de ma zone de confort habituelle que je suis pratiquement dans l'espace.

Mais c'est l'ancien moi qui parle. Le nouveau moi, Goldie, se sent tout à fait à l'aise lorsqu'il est utilisé par deux hommes magnifiques comme un jouet précieux. Daddy n'arrête pas de dire que je suis fait pour prendre leurs trois queues, et je commence à croire qu'il a raison.

Comment vais-je pouvoir à nouveau avoir des relations sexuelles vanilles régulières ?

Je m'en préoccuperai plus tard. Pour l'instant, tout ce qui compte, c'est que je sois bon pour Daddy, et cela signifie faire plaisir à Papi et à Baby.

Mais Daddy sait ce qu'il veut. Il faut que je m'en

souvienne et que j'arrête de m'inquiéter. C'est lui qui commande, et c'est merveilleux.

— Jouissez pour moi, les garçons, ordonne-t-il, tout en se caressant tranquillement. Peignez notre ange blond et rendez-le encore plus beau. Je veux qu'il soit prêt pour moi.

Immédiatement, Papi et Baby se retirent de moi, et je lève les yeux pour voir Baby se masturber furieusement, les paupières lourdes et le regard à nouveau fixé sur le mien. J'entends Papi se branler aussi, son gland rebondissant contre mes fesses.

Lorsque Baby laisse tomber sa tête en arrière avec un gémissement, je cligne rapidement des yeux alors qu'il commence à jouir. Je ne veux pas manquer une seconde d'un spectacle aussi érotique, mais je ne veux pas non plus tout gâcher en recevant du sperme dans l'œil. D'épais jets blancs strient mon visage, mon cou et mon torse, me donnant l'impression d'être un animal. En quelques secondes, des gouttes brûlantes se répandent sur mes cuisses et mon dos, ainsi que dans ma raie. Les doigts de Papi étalent son sperme sur mon anus, en poussent un peu à l'intérieur avec ses doigts glissants.

Je suis un désordre dégoulinant et tremblant, mais je ne me suis jamais senti aussi beau de ma vie. J'essaie de rester aussi immobile que possible malgré mes membres tremblants et mes respirations profondes et agitées. Je sens Daddy se lever et s'approcher de nous, puis je gémis lorsqu'il me touche doucement le menton pour que je le regarde.

— Une œuvre d'art, murmure-t-il.

Il saisit la mâchoire de Baby et l'embrasse fougueusement. Papi s'est installé sur le lit à côté de moi et lui offre un baiser tout aussi brutal. Puis ils s'écroulent tous les deux contre les oreillers de gauche et de droite, et Daddy s'assoit entre eux, ses jambes reposant de part et d'autre de mes mains. Son érection se dresse fièrement devant mon visage comme un mât. Honnêtement, on pourrait faire flotter l'Union Jack sur cette chose.

Il me fait un signe du doigt.

— Viens embrasser Daddy, mon ange.

Je prends une inspiration pour me stabiliser, puis je rampe pour le rejoindre sur des membres tremblants. Ce baiser n'est pas aussi agressif, et il lèche le sperme qui a éclaboussé mes lèvres.

— Tu t'amuses, mon ange ?

Je hoche la tête frénétiquement.

— J'adore, Daddy, dis-je à bout de souffle. Merci beaucoup. Papi et Baby m'ont fait sentir si bien.

— Tu leur as fait du bien aussi, assure Daddy avec un sourire féroce, en passant son doigt sur une partie du sperme qui macule mon torse. Je le savais. Maintenant, il est temps de faire en sorte que Daddy se sente bien.

Il me donne une bonne fessée et je halète sous l'effet de la douleur délicieuse qui me traverse. L'adrénaline me réveille et m'éclaircit un peu les idées. Je suis encore épuisé, mais mon cœur bat à nouveau la chamade.

— Comment, Daddy ? le supplié-je. Je ferai tout ce que tu veux. Je suis ton bon garçon.

Je n'arrive pas à croire que ces mots sortent de ma bouche. Robert m'a toujours dit de me taire et d'arrêter de bavarder parce que cela gâchait son plaisir, mais les yeux de Daddy brûlent devant mes propos salaces. Je suis presque en colère d'avoir supporté une sexualité aussi horrible de la part de mon ex. Pas étonnant que le porno qu'il a essayé de faire ait échoué lamentablement. Ça, et les *accusations*, que je peux bien croire.

— Tu es un bon garçon, murmure Daddy en introduisant à nouveau son pouce dans ma bouche pour que je le suce. Je vais m'allonger et me détendre pendant que tu fais tout le travail. Chevauche ma grosse queue comme un étalon.

Malgré tous mes efforts, la peur revient. C'est moi qui suis censé m'allonger et penser à l'Angleterre. Maintenant, il veut que je fasse tout le travail pour lui plaire ? Et si je m'y prends mal ?

J'ai hésité trop longtemps, je le sais. Les yeux de Daddy s'assombrissent.

— Tu es méchant, petit ange ? grogne-t-il.

— Je ne veux pas être mauvais, murmuré-je. Je ne veux pas me tromper et te rendre malheureux. Je ne pense pas que je serai doué pour ça.

Sans crier gare, Daddy me saisit par les hanches, me soulève et m'*empale* sur son érection palpitante. Je sursaute. Malgré le plug et la superbe verge de Papi, elle est encore si grosse qu'elle me brûle.

Mais il se passe alors quelque chose de magique, et la félicité m'envahit.

La brûlure est la seule chose sur laquelle je dois me concentrer, la douleur me distrait de toute autre pensée bruyante. Et parce que Daddy m'a malmené, je sais que je suis là où il veut que je sois.

— Oh, Daddy, haleté-je en me balançant pour faire entrer son membre dur. Elle est si grosse. Je ne pense pas qu'elle rentrera !

J'ai aimé la façon dont mon inquiétude sur sa taille l'a rendu chaud avant, et bien sûr, ses yeux s'enflamment à nouveau.

— Tu vas prendre toute ma queue parce que tu es un bon petit ange, n'est-ce pas ? Tu ne veux pas décevoir Daddy, si ?

Absolument pas. Je secoue la tête et enfonce mes doigts dans son torse poilu en me servant de ses mots pour m'inciter à le prendre plus profondément.

— J'adore ça, Daddy. C'est si bon ! couiné-je.

Je suis si plein que c'est comme si sa verge m'avait traversé et m'étranglait à l'intérieur de ma gorge. Je me concentre sur la douleur parfaite, l'inconfort écrasant. Je me permets aussi de remarquer la sueur qui coule le long de mon corps, la sensation de ruissellement qui trace des motifs sur ma peau. Mon sexe négligé a envie d'exploser.

— *Daddy*, gémis-je. Daddy, *s'il te plaît.*

Le regard affamé de Daddy me rend encore plus dur pour lui alors que je rebondis sur son énorme longueur. Il se déplace tranquillement sous moi, tenant sa promesse et ne poussant pas du tout, me laissant faire le travail. Il me frotte les lèvres et me fait sucer son pouce une fois de plus. Papi et Baby nous observent attentivement, Papi ayant de nouveau son téléphone en main et me filmant de près.

Je ne sais pas combien de temps je vais pouvoir continuer ainsi. Mais je *dois le faire.* Daddy a *besoin* de moi.

Je m'abaisse encore plus bas, ignorant la façon dont mes cuisses brûlent alors que je commence à vraiment aller et venir. Je veux tellement faire jouir mon Daddy. Je veux être bon plus que tout. Je peux le faire. *Je peux le faire.*

Finalement, le calme disparaît un peu du visage de Daddy. Il laisse tomber sa tête en arrière et grogne, ses mains se déplaçant sur mes hanches. Il ne me pousse toujours pas, mais ses mains m'aident à accélérer. Pendant tout ce temps, il ne me quitte pas de son regard intense. Ses paupières sont peut-être lourdes, mais son attention ne me quitte pas.

— C'est ça, mon ange blond, murmure-t-il d'une voix rauque. Continue. Tu es parfait.

— Oui, Daddy, oui, gémis-je, incapable de m'exprimer plus clairement que cela.

Au moment où je sens les hanches de Daddy commencer à se contracter, répondant enfin à mes poussées, il nous fait soudain rouler sur le dos. Je sursaute lorsqu'il me domine, mon cœur s'emballe de peur. Mais ce n'est pas comme les autres peurs que j'ai eues ce soir. Je n'ai pas peur de ne pas être à la hauteur.

Je suis effrayé à l'idée que Daddy est tellement grand au-dessus de moi qu'il pourrait me faire *tout* ce qu'il veut sans que je puisse l'en empêcher. La réalisation est si sublime que je dois arquer le dos et grincer des dents pour m'empêcher de jouir à l'instant même.

Daddy se retire brutalement de moi, puis se met à califourchon sur moi. Je gémis à cause de la perte, mon orifice convulse.

— Reste tranquille, mon garçon, grogne Daddy.

J'ai atterri les mains au-dessus de la tête et les jambes entre les cuisses de Daddy. Je respire profondément, me sentant devenir souple comme il le veut. Un vrai passif. Le sourire de Daddy est triomphant, et il capture ma bouche pour un baiser brûlant.

— Bon garçon, mon ange, me félicite-t-il en commençant à se branler furieusement au-dessus de moi. Tu es si joli, couvert de sperme. Tu es à nous maintenant. Notre ange doré.

— À vous, murmuré-je, la gorge serrée.

Je sais que je suis à la limite du délire, mais j'ai vraiment l'impression d'être à eux, de leur appartenir. Je sais que ce n'est pas réel, mais dans mon état de flottement, je me laisse aller à faire semblant. Pour l'instant.

Daddy rejette la tête en arrière et rugit, son sperme jaillissant sur moi comme une lance à incendie. J'ai du mal à respirer et je dois fermer les yeux brièvement, car il m'asperge le visage et la poitrine. Cela semble durer une éternité, et finalement, je rouvre prudemment les paupières pour le voir extraire les dernières gouttes de sperme de sa hampe encore tendue.

C'est moi qui ai fait ça. Ce gâchis était tout pour moi.

Haletant, Daddy s'appuie sur ses talons et me regarde comme s'il surveillait son travail. Et je suppose que c'est le cas. Il hoche la tête, envoyant manifestement un signal tacite, car Papi et Baby se blottissent alors contre moi, mes bras toujours au-dessus de ma tête. Je me sens exposé, vulnérable et je ressens des picotements partout. Je sursaute et tressaille lorsque leurs lèvres embrassent mon cou et la peau sensible sous mes bras. Je ne savais même pas à quel point c'était agréable d'être embrassé comme ça, et je me tortille. Leurs doigts se frayent un chemin à travers le sperme gluant qui s'est étalé sur mes cuisses, mes hanches et mon torse.

— Tu es *magnifique*, putain, siffle Baby avec excitation dans mon oreille. Tu te sens bien, mon petit ange ?

Je suis si près de jouir que j'en ai les larmes aux yeux. Mais ils touchent tout sauf mon érection, et un sanglot s'échappe de ma poitrine tandis que je hoche la tête frénétiquement.

— Tellement bien, murmuré-je en retour, en me tournant vers lui.

Baby m'embrasse gentiment. Puis Papi me saisit la mâchoire pour que je l'embrasse à mon tour.

— Tu es magnifique, mon garçon, chuchote-t-il, ses mots débordant de sincérité. C'est si bon.

— Et les bons garçons méritent d'être récompensés, dit Daddy.

Je me retourne à nouveau pour le voir pressé le long du dos de Baby, lui mordillant l'oreille. Puis il tend la main vers le bas et presse ma queue palpitante. Je ne peux m'empêcher de crier, mais je réussis à ne pas fermer les yeux, à les garder fixés sur mon Daddy.

— Nous allons te regarder te faire jouir, mon ange, dit-il d'un ton autoritaire.

C'est un ordre que je suis prêt à respecter. Il ramasse un peu de sperme glissant sur mon ventre et s'en sert pour faire glisser sa main le long de mon corps.

— Viens pour ton Daddy. Tu as été si bon.

Je ne peux plus tenir. Je ferme les yeux et hurle, mon

corps entier tremblant alors que l'orgasme me transperce. Pendant quelques secondes, je n'arrive pas à reprendre mon souffle alors que je m'asperge de semence, la mélangeant à tout le sperme de Daddy, de Papi et de Baby.

Je suis un désordre débauché. Je suis un *vilain* garçon.

Et pourtant, c'est *si bon*.

CHAPITRE 9
Daddy

D ès que mon ange doré s'affaisse, ses yeux se ferment et sa respiration s'intensifie. Pendant un moment, je me contente de le regarder somnoler, quelque chose de chaud se logeant dans ma poitrine, sachant qu'à un certain niveau, il nous fait suffisamment confiance pour faire cela. Je comprends que nous l'ayons épuisé, mais il ne sombrerait pas dans l'inconscience s'il n'y avait pas une partie de lui qui croit qu'il est en sécurité et qu'on le chérit.

J'embrasse le cou de Baby et il s'agite. Je ne pense pas qu'il dormait, mais plutôt qu'il se contentait de contempler notre nouveau compagnon de jeu.

— Tu as aimé ça, mon beau? demandé-je à mon doux garçon.

C'est amusant. D'habitude, lorsque nous travaillons, tout le monde est assez enjoué après la fin du travail, même si nous ne sommes que tous les trois, mais surtout lorsque nous avons des invités. Mais en ce moment, il règne dans l'air une tranquillité qui me réchauffe le cœur.

Baby soupire et lève les yeux vers moi pour m'embrasser, ce que je fais.

— C'était *incroyable,* répond-il doucement, sans doute pour ne pas déranger notre ange pour l'instant. J'ai tellement aimé, Daddy. Merci.

Je lui frotte le ventre et lui caresse le nez.

— Bien sûr, mon bébé. Je savais que tu aimerais quelqu'un de différent pour changer.

La vérité, c'est que cela fait un moment que je fais les choses à moitié, surtout en ce qui concerne Honipot. C'est Cundall qui nous envoie des camarades de jeu. Cela fait des années que nous ne sommes pas allés tous les trois dans un bar à la recherche de sang neuf.

Je me dis que j'ai peut-être été négligent, et la prise de conscience me glace les tripes. Mais je me mords la langue et refuse de laisser transparaître ma colère sur mon visage. Je *déteste* décevoir mes hommes, mais peut-être que les rencontres sans lendemain que nous avons filmées n'ont pas été aussi épanouissantes que je l'avais imaginé.

Je croise le regard de Papi, me demandant si son cheminement de pensée est similaire au mien. Je vois la même satisfaction débordante sur son visage lorsqu'il regarde son mari caresser doucement les cheveux humides de Goldie. La pièce empeste délicieusement le sexe, mais il y a quelque chose d'autre dans l'air qui est moins tangible.

Une promesse, peut-être ?

Tout ce que je sais, c'est que je suis content que Goldie reste avec nous tout le week-end. Je veux voir comment il est en dehors d'une scène. Parce qu'en ce moment, il est tout à fait magnifique, couvert de mon sperme et de celui de mes hommes. Il a fait exactement ce qu'on lui a dit, et je n'ai pas manqué son air béat lorsque j'ai pris les choses en main et que je lui ai fait faire précisément ce que je savais être le plus agréable pour lui.

C'est peut-être tout ce dont il a besoin. Un bon moment avec nous pour lui montrer ce qui lui manque dans sa vie.

Mais une partie têtue de moi n'aime pas du tout l'idée qu'il aille travailler avec quelqu'un d'autre de sitôt. Cette personne pourrait ne pas comprendre ce dont il a besoin. Je peux le voir être blessé si facilement.

Je ne sais pas ce que cela signifie exactement – je veux le réserver exclusivement pour nous ? Le former pour qu'il se protège ?

Aucune de ces perspectives ne me convient, et cela m'énerve. Ce n'est pas mon genre de ne pas savoir ce que je veux. *Je m'en fous.* Je ne pense pas à autre chose qu'à ce week-end, à cette minute, à partir de maintenant. C'est quelque chose que je *peux* contrôler.

Je réalise que les doigts de Papi et de Baby sont entrelacés et reposent sur la poitrine de Goldie qui se soulève et s'abaisse. Je ne suis pas ce que l'on pourrait qualifier de fleur bleue, mais cette merde fait gonfler mon cœur, malgré tout. Je n'ai pas fait attention et je n'ai pas remarqué qu'il manquait peut-être quelque chose dans notre relation. Mais maintenant je suis en alerte, et je vois que ce qui se passe ici fonctionne très bien. Comme si le fait que Goldie nous soit envoyé nous revivifiait, comme un tonique ou un baume.

— Papi, murmuré-je en croisant le regard de mon très bel homme. Tu veux bien emmener Baby à la douche et t'occuper de lui ? Il a été si bon, il mérite une belle récompense.

Les yeux de Papi se tournent vers Goldie, la question est claire. D'habitude, lorsque nous faisons une scène, je m'occupe de Baby et je laisse Papi s'occuper de nos invités, si c'est ce que prévoit le rendez-vous. Papi s'épanouit en s'occupant des garçons, alors j'aime lui en donner l'occasion. Souvent, cependant, nos invités se contentent d'une douche rapide et de manger un morceau avant de s'endormir. Ce n'est pas vraiment tendre. Lorsque nous sommes tous les trois, je m'occupe de tout le monde.

Mais pour l'instant, j'ai le sentiment très fort que mon petit ange a besoin que je l'aide avant que nous ne nous réunissions tous les quatre.

— C'est bon, rassuré-je Papi. Nous vous suivrons bientôt. Ensuite, je m'assurerai que tout le monde est pris en charge, d'accord ?

Papi me sourit. J'aime sa force. Il a soif de ma domination, mais à bien des égards, il est mon égal dans cette relation. Je ne sais pas ce que je ferais sans lui.

Il porte les doigts de Baby à ses lèvres, mais celui-ci fait la moue. Papi s'occupe de lui, alors je me contente de lui caresser le ventre et d'embrasser doucement son cou, en lui faisant comprendre que ce n'est pas la fin. En fait, ce n'est que le début.

— Allons nous laver, mon amour, dit Papi à notre vilain garçon, afin d'être prêts à nous occuper de Goldie. Il a eu une longue journée.

— Oh ! souffle Baby, qui se réveille immédiatement.

Je ne peux m'empêcher de sourire. Baby veut *toujours* qu'on s'occupe de lui, il n'a pas la moindre once d'orgueil. Le fait qu'il veuille aider à s'occuper de Goldie est une évolution intéressante que j'ai l'intention d'entretenir.

J'appuie mes lèvres sur son épaule.

— Vas-y, maintenant. Sois gentil. Je te promets de te laisser jouer à nouveau avec Goldie bientôt.

— Il a aussi besoin d'une douche, rétorque Baby en me regardant par-dessus son épaule.

J'arque un sourcil. J'aime bien qu'il ait anticipé mon plan, mais il devrait le savoir. Toutefois, j'aime bien qu'il soit coquin pour notre nouveau garçon.

— Est-ce que tu dis à Daddy comment faire son travail ? grogné-je.

Baby fait la grimace et retrousse ses orteils.

— Non, Daddy, réplique-t-il avec insolence.

Je lui pince l'épaule, ce qui le fait sursauter et fermer les yeux pendant une seconde.

— Va te doucher. Sois bon pour Daddy, lui ordonné-je.

Il acquiesce et m'embrasse sur la joue.

— Oui, Daddy.

— Bons garçons, dis-je à lui et à Papi, qui descendent prudemment du lit et se dirigent vers la salle de bains principale.

Alors que leurs pas s'éloignent, je caresse le côté du visage de Goldie.

— Mon ange, appelé-je d'une voix claire. Il est temps de te réveiller. Je ne peux pas encore te laisser dormir.

— Non, Daddy, marmonne-t-il, ses yeux se révulsant alors qu'il roule contre moi.

Je me mords la lèvre. Souvent, nos compagnons de jeu sont heureux de m'appeler « daddy » pendant une scène, mais ce n'est qu'une comédie. Goldie est presque endormi, alors ses actions inconscientes en disent long.

Est-ce que c'est mal que j'aie déjà l'impression qu'il est tout à fait naturel d'être son daddy après seulement quelques heures ? Je me souviens pourtant de la dernière fois où j'ai ressenti cette envie si forte, et je soupire. Ce n'est pas la même chose que Papi et Baby. La foudre ne peut pas frapper deux fois.

Je vais à l'encontre de mes propres règles. Je suis censé ne penser qu'à l'instant présent, pas au-delà du lundi matin. Je passe donc mon pouce sur la lèvre inférieure de Goldie, j'embrasse sa joue, puis je secoue un peu son épaule.

— Tu dois te réveiller maintenant, mon garçon. Tu as besoin d'une douche. Peux-tu être gentil avec ton Daddy et ouvrir les yeux ?

Je ne mentirai pas. Il cligne des paupières et regarde

autour de lui jusqu'à ce que ses yeux rencontrent les miens. Je lui souris et lui frotte la poitrine.

— C'est bien, mon garçon. Tu as été parfait ce soir. Maintenant, tu vas laisser Daddy s'occuper de toi ?

Il cligne des yeux plusieurs fois avant d'acquiescer. Je l'aide à se redresser, puis j'ouvre le tiroir de chevet à ma gauche, où j'avais caché la bouteille de boisson pour sportifs plus tôt en prévision de cette situation. Quelque chose dans cette adorable photo m'avait laissé entendre que notre doux ange n'avait pas l'habitude d'être épuisé et qu'il aurait besoin d'un peu plus d'aide pour se rétablir.

Il semble que depuis la fin de la scène, les cernes sous ses yeux sont devenus encore plus prononcés, et je me demande ce qui a pu rendre mon ange blond si épuisé dans le monde réel.

Il me laisse déposer délicatement la boisson contre sa bouche, laissant ses mains le long de son corps, confiant que je ferai tout pour lui. Il a raison, bien sûr, et la fierté brille en moi.

— Viens, dis-je quand je suis sûr qu'il a suffisamment bu. On va te nettoyer.

Le sperme commence à sécher et va le mettre très mal à l'aise, ce que je ne peux pas accepter.

Je l'aide à se lever, mais il s'arrête et regarde le lit, touchant la couette de sa petite main.

— Il faut changer les draps, réfléchit-il.

Il a raison, ils sont couverts de sperme, mais c'est *mon* travail et cela ne le concerne pas. Néanmoins, le fait qu'il y ait même pensé est une autre chose qui le différencie de nos compagnons de jeu habituels.

Je lui tiens la main et place mon autre paume sur le bas de son dos, en l'éloignant.

— C'est bon, mon garçon, assuré-je. Tu n'as pas à t'inquiéter de ce genre de choses. Daddy est là.

Il se fond contre mon flanc et mon souffle se bloque. C'est tellement *bon* de l'avoir blotti contre moi comme ça. Je fais de petits pas pour qu'il puisse me suivre, et je le dirige vers la salle de bains.

Nous entrons dans la pièce, toute embuée, et je suis heureux de voir que Papi et Baby sont déjà sous le double pommeau de pluie de la cabine de douche à l'italienne. Ils ont tous les deux des fleurs de douche couvertes de savon qu'ils font mousser sur leurs corps respectifs. Je serre le flanc de Goldie.

— Regarde, mon ange. Nos hommes nous attendent. Devons-nous les rejoindre ?

Il me regarde avec une légère surprise, comme s'il n'arrivait pas à croire qu'il avait le droit de faire ça. Je hausse les sourcils parce que j'ai dit qu'il pouvait le faire, donc bien sûr que c'est autorisé, et j'attends une réponse.

— Oui, Daddy, répond-il timidement avec un sourire plein d'espoir. Oui, s'il te plaît.

Lorsque nous passons sous l'eau délicieusement chaude, Papi et Baby se décalent facilement pour entourer notre ange, le savonner et le laver de toutes les saletés que nous avons répandues sur lui. Ses boucles dorées s'assombrissent au fur et à mesure qu'elles sont mouillées, et je me charge de les frotter avec notre shampoing et notre après-shampoing.

Voilà. Maintenant, il sent comme nous tous, et quelque chose dans mon cerveau de lézard est très heureux de cela.

Tu ne peux pas le garder éternellement, murmure une méchante voix au fond de mon esprit.

Je lui dis d'aller se faire foutre. En réalité, je sais que Goldie a une vie entière dont je ne sais rien et dans laquelle je n'ai pas le droit de m'immiscer.

Mais alors que nous le séchons et que je le conduis dans notre *vraie* chambre, celle où nous dormons et où nous ne filmons jamais, je n'arrive pas à faire taire l'autre voix qui devient beaucoup plus forte que la méchante.

Alors que je borde mon ange blond et que je le regarde s'endormir immédiatement, cette voix chante « *à moi, à moi, à moi* ».

Et je ne peux pas dire que je sois particulièrement en désaccord avec elle.

CHAPITRE 10

Goldie

JE PRENDS LENTEMENT CONSCIENCE DE LA SITUATION. JE cligne des yeux et me retrouve dans un lit inconnu.

Je ne suis pas seul non plus.

Les souvenirs de la soirée d'hier me reviennent tous en même temps, et je ferme rapidement les yeux, au cas où le fait de me réveiller ferait cesser tout cela.

C'est vraiment arrivé.

Ces derniers jours, j'ai essayé de me faire à l'idée que j'allais vraiment venir travailler avec mes stars pour adultes préférés – certaines des plus grandes stars que l'Honipot a à offrir. Mais la réalité était infiniment meilleure que les attentes.

Il est encore tôt. À en juger par la lumière vive et aqueuse qui filtre à travers les rideaux tirés, je dirais que l'aube vient à peine de se lever. Je réalise que ce n'est pas la même chambre que celle dans laquelle nous avons joué hier soir, celle que je connais grâce à leurs films. Celle-là est chic et grandiose, comme une chambre d'hôtel. Elle contient des tonnes de photos d'eux trois dans des cadres, des bibelots du monde entier, des plantes d'intérieur vertes et luxuriantes, des ours en peluche et des affiches de films.

C'est leur *vraie* chambre à coucher. C'est forcément le cas. Je me mords la lèvre et me dis qu'ils doivent généralement dormir ici avec leurs camarades de jeu une fois la scène terminée.

Je devrais essayer de me rendormir, mais mon esprit tourne en boucle, repassant tout ce qui s'est passé depuis que j'ai franchi la porte d'entrée de ce cottage pittoresque.

Mais comme d'habitude, lorsque je reste trop longtemps avec mes pensées, elles commencent à se transformer en quelque chose de mauvais. Je me rappelle à quel point je me sentais effronté, comme si j'étais la star du spectacle, et ensuite comment ces trois hommes extraordinaires avaient pris le temps de *me laver* sous la douche.

Est-ce que j'étais gourmand ? Et pas dans le bon sens comme Daddy l'avait fait croire hier. Ai-je été égoïste, ai-je pris des libertés ? J'aurais dû être beaucoup plus attentif et m'efforcer de leur rendre la pareille. Après tout, ce sont eux qui *me* rendent service et m'aident à éponger mes dettes insurmontables.

Non pas qu'ils le sachent. Maintenant, mes inquiétudes se transforment en une culpabilité maladive.

M. Cundall a dit que je ne pouvais pas leur dire. Il a bien précisé que la bévue embarrassante de Robert salirait le nom de toute la société de production, et que personne d'autre n'avait besoin de le savoir. Mais mon affection pour ces hommes est déjà si profonde que je déteste l'idée de leur mentir. Ils pensent que j'essaie de faire mes débuts dans l'industrie du porno, alors que rien ne pourrait être plus éloigné de la vérité.

Et là, je ressens une autre forme de culpabilité et de honte. Je suis bête, j'imagine que j'ai déjà des sentiments pour ces trois-là. C'est pathétique. *Ils* sont dans une relation établie et amoureuse. *Je ne suis* qu'un compagnon de jeu pour le week-end.

Je sens un bruissement dans l'énorme lit rempli d'hommes et j'entends peut-être un murmure incroyablement silencieux, mais je garde les yeux fermés et je fais semblant de dormir. C'était vraiment une mauvaise idée. J'appellerai peut-être M. Cundall ce matin pour lui demander de combien de séquences il aura besoin et si la nuit dernière suffira ou non. L'idée de partir aujourd'hui me brise le cœur, mais je suis ridicule. Je ne veux plus mentir à ces hommes, et je ne veux certainement pas que mes sentiments enfantins grandissent alors qu'ils ne seront pas réciproques. En fait…

Mes pensées s'arrêtent net. J'étais tellement pris par mes propres soucis que je n'avais pas prêté attention à la façon dont le poids du lit se déplaçait.

Et maintenant, j'ai une bouche chaude autour de mon sexe.

Mes yeux s'ouvrent, je bafouille et j'ai des soubresauts. Je regarde frénétiquement autour de moi, voyant Daddy et Papi qui me sourient. La couette glisse, et le visage effronté de Baby apparaît, tandis qu'il se délecte de ma verge.

— Daddy ? bégayé-je.

Quelque part au fond de mon esprit, je me souviens qu'une partie du contrat que j'ai signé consistait à consentir à ce que l'on me saute dessus pendant tout le week-end, quand Daddy et ses hommes en auraient envie. C'est pourquoi ils ont des mots de sécurité – les classiques vert, jaune et rouge – si jamais je veux arrêter. Je suis choqué d'être réveillé de la sorte, mais à mesure que mes sens reviennent, mon cœur s'emballe et je me rends compte que j'*adore* ça. Techniquement, j'*ai le* choix. Mais le fait d'avoir l'impression de ne pas en avoir me fait retrouver cette délicieuse félicité.

Et ils ne *filment* même pas, à moins qu'il n'y ait une

caméra quelque part que je ne peux pas voir. C'est juste pour s'amuser ?

Daddy me caresse les cheveux – qui sont sans aucun doute un nid d'oiseau – et m'embrasse doucement.

— Bonjour, mon beau. Baby avait peur que tu fasses un mauvais rêve, alors nous voulions quelque chose de gentil pour te réveiller. Tu aimes ?

Je hoche la tête frénétiquement. C'est la première fois qu'ils me sucent, Robert a toujours insisté pour que je le fasse pour lui, sans jamais vouloir rendre la pareille. Mais j'*adore* qu'on me suce. La bouche chaude de Baby m'avale jusqu'au fond de sa gorge où mon gland frotte, et je pourrais presque jouir à la seconde même.

Mais je respire en tremblant et me force à me calmer. Je ne vais pas tout gâcher en explosant tout de suite.

— J'adore ça, Daddy, gémis-je. Merci, Baby, *merci*.

Je passe ma main sur sa tête, et elle est aussi merveilleusement douce, mais légèrement piquante que je l'avais imaginée.

— Bon garçon, me félicite Daddy.

Il me mord le lobe de l'oreille et me pince le mamelon, le rendant dur et rugueux. Je halète et me cambre, et il ricane d'un air sombre. La luxure se répand dans ma queue et Baby gémit autour d'elle.

— C'est ça, mes doux garçons. Amusez-vous bien. Prenez votre temps. Tu pourras jouir quand tu te sentiras prêt, mon ange blond.

J'essaie de faire durer le plaisir, mais Baby est trop incroyable. En peu de temps, il se branle sur ma longueur et lèche mon extrémité alors que je commence à éjaculer. Je gémis et me tortille sous l'effet de l'orgasme, devenant immédiatement mou.

J'ai toujours envie de m'endormir après l'amour – une autre chose que Robert a qualifiée d'égoïste. Mais Daddy se moque de moi pendant que Baby boit le reste de mon sperme comme si c'était de l'ambroisie.

— Doux garçon endormi, susurre Daddy avec tendresse, caressant mon cou et mon torse avant de prendre ma mâchoire et de m'embrasser. Mais Daddy et ses hommes n'en ont pas encore fini avec toi. Réveille-toi maintenant. Il est temps de se mettre au travail.

J'essaie d'obtempérer, mais il y a une étincelle au fond de mon cerveau – la partie qui fonctionne encore vaguement – qui se souvient de la façon dont Daddy a aimé que je proteste hier.

— Non, Daddy, gémis-je en enfouissant mon visage contre son torse large et poilu. Je suis *trop* fatigué, et le lit est *trop* plein et *trop* petit.

Un frisson me parcourt lorsque Daddy me soulève et me met à quatre pattes. Il m'attrape par le menton, ses yeux flamboyants, alors que je chasse le sommeil et que je parviens à le regarder.

Comme je l'espérais, la fatigue s'est évaporée.

— Tu es méchant ? grogne Daddy. Parce que les vilains garçons sont punis.

— Non, Daddy ! couiné-je. Je suis désolé. Je serai sage, je te le promets. Je ne voulais pas être méchant ! Mais vous m'avez *tellement* fatigué que je ne sais plus comment rester éveillé.

Son rictus est bestial, et même si je viens juste de jouir, une secousse de désir me traverse.

— C'est bon, mon ange doré. Je sais exactement comment te garder éveillé.

Il fait un signe de tête à Papi et à Baby, et même dans mon état de tremblement et d'hébétude sexuelle, je m'émerveille du niveau de communication silencieuse que ces hommes ont ensemble. Daddy s'appuie sur les nombreux oreillers, Papi s'installe à côté de lui et Baby rampe pour s'allonger de l'autre côté. Ils sont tous nus et leurs érections se dressent fièrement : petites, énormes et parfaites. Ils se caressent, les yeux rivés sur moi. Je fais semblant de déglutir, comme si j'étais nerveux, au lieu de baver pour eux trois.

— Nous t'avons préparé un buffet pour le petit déjeuner, mon ange doré, ronronne Daddy, la main enroulée autour de son membre bestial. Tu vas nous sucer à tour de rôle. Si tu veux être un vilain gamin pleurnichard, je dois te donner quelque chose pour remplir ta bouche.

Je me lèche les lèvres et j'acquiesce, m'avançant pour attraper sa glorieuse érection.

— C'est une bien meilleure idée, Daddy. Je suis réveillé maintenant, je te le promets. Merci de m'avoir fait redevenir bon.

— Toujours, mon ange.

Il me caresse le côté du visage, puis me guide vers le bas pour que j'avale autant de sa longueur que je le peux.

En me faisant faire les choses que j'ai secrètement envie de faire de toute façon, Daddy force presque toutes les mauvaises pensées à s'envoler. La seule qui persiste ressemble à un filet de sécurité, la voix qui essaie de me protéger de moi-même et de mon propre cœur insensé.

Ce n'est pas réel. C'est juste un semblant. Ce n'est que pour un week-end. Ne développe pas de sentiments.

Mais même cette voix s'évanouit au fur et à mesure que je passe d'un sexe à l'autre, la mâchoire douloureuse et les yeux larmoyants à mesure que je m'étouffe sur chaque queue parfaite. Quand je ne les suce pas, les deux autres se touchent et me regardent. Parfois, ils se penchent sur moi et me caressent les cheveux ou me frottent le dos. Ils me disent que je suis beau et parfait et que je suis un bon garçon gourmand.

Je me sens complètement possédé, sans aucune responsabilité dans le monde au-delà de cette chambre.

J'aimerais que cela ne s'arrête jamais.

CHAPITRE 11
Baby

Je suis assis dans la véranda, je regarde les oiseaux danser autour de la mangeoire au fond du jardin. Les portes-fenêtres étant ouvertes, une brise agréable pénètre dans le cottage et je souris en sirotant ma tasse de thé, profitant de ce moment de paix.

Nous ne sommes qu'en fin de matinée, mais j'ai l'impression qu'il s'est passé *tellement* de choses depuis hier soir. Je suis reconnaissant d'avoir un court moment de répit, seul, pour réfléchir.

J'adore ma vie. Sérieusement. J'ai épousé l'homme le plus extraordinaire qui ait jamais consacré autant de temps à m'aider à m'épanouir. Ensuite, j'ai eu la chance de rencontrer *un autre* homme incroyable qui nous a donné, à mon mari et à moi, quelque chose que nous ne savions même pas qu'il nous manquait, sans parler du fait qu'il nous a permis de quitter des emplois que nous n'aimions que moyennement pour avoir cette carrière géniale.

Aujourd'hui, je suis grassement *payé* pour laisser mes superbes hommes me baiser en permanence, et nous avons des légions de fans adorateurs à travers le monde. Des entreprises nous paient pour sponsoriser leurs produits, et il arrive même que nous fassions le tour du monde pour cela. Et pendant mon temps libre, j'ai un jardin incroyable dans lequel je peux me promener et que je peux entretenir.

Je suis un garçon chanceux.

Mais quelque chose a changé la nuit dernière, nous pouvons tous le sentir.

Je connais suffisamment Papi pour le savoir sans lui demander, comme je l'ai fait hier soir, mais une partie de moi a besoin de l'entendre à voix haute. Cela faisait des années que je ne m'étais pas senti aussi peu sûr de moi, pas depuis qu'on avait réussi à me faire perdre ma confiance en moi.

Mais c'est justement le problème. Je sais que Papi *adore* s'occuper de garçons doux et gentils, et nous n'avons pas souvent l'occasion de jouer avec eux. D'ailleurs, je ne crois pas que Cundall nous ait envoyé quelqu'un de ce genre depuis au moins deux ans. Je pense qu'il estime que ce genre de contenu ne fera pas l'affaire des fougueux accros au sport qui viennent ici, défient Daddy, se font baiser, me baisent, puis repartent.

Mais je n'en suis plus si sûr.

J'ai hâte de voir comment Papi va monter les séquences que nous avons déjà réunies et quels seront les chiffres d'audience. Parce que *c'était* électrique. Plus encore, j'ai eu l'impression de m'être immédiatement fait un ami en la personne de Goldie. Je sais que c'est stupide, comme si j'étais de retour à l'école et que je pensais que le premier petit garçon à qui je parlais allait devenir mon meilleur ami pour toujours. Mais… c'est ce que je ressens.

Goldie est gentil et timide, mais il semble aimer mon énergie excitante qui, je le sais, énerve beaucoup de nos autres compagnons de jeu. Plus d'une fois, j'ai eu l'impression que nos invités essayaient de m'écarter pour tenter d'obtenir plus d'attention de la part de Daddy. Bien sûr, Papi et Daddy *ne* me laissent *jamais* me sentir exclu. En fait, dès qu'il sent ce genre d'ambiance, il oblige généralement le partenaire de jeu à me baiser, et j'adore ça parce que c'est ce que Daddy veut.

Mais pour la première fois depuis aussi longtemps que je me souvienne, j'ai envie de jouer avec quelqu'un pour mon propre bien. En fait, je pourrais même envisager de *prendre* Goldie si Daddy et Papi en avaient envie. Je pense que cela me plairait.

Je remue les orteils. Après la scène de ce matin, Goldie s'est rendormi. Apparemment, c'est ce qu'il fait après le sexe. Je trouve ça mignon, mais c'était aussi très chaud quand Daddy ne l'a pas laissé faire tout à l'heure et l'a obligé à nous sucer tous. Je pouvais voir à quel point Goldie était excité, et en plus ? Je ne vais pas me plaindre d'avoir sa jolie bouche sur ma queue à n'importe quel moment.

J'étais pourtant bien réveillé, alors après une douche, j'ai aidé Papi à préparer un festin pour le petit déjeuner, comme nous le faisons toujours pour les invités. Mais cette fois, j'avais pris soin de couper les fruits proprement et de tout arranger pour qu'ils aient l'air encore plus beaux que d'habitude. J'étais même allé chercher des fleurs sauvages dans le jardin pour les mettre dans un vase étroit.

Je veux que Goldie sache qu'il est spécial. Que ceux avec qui il travaillera après nous sachent qu'il bénéficie de normes de soins très strictes.

Je sirote mon thé et fronce les sourcils, n'aimant pas ce que je ressens quand je pense que Goldie n'en est qu'à ses débuts et qu'il va sans aucun doute faire une carrière éblouissante dans le monde du divertissement pour adultes. J'ai l'impression d'être un enfant insolent, qui ne veut pas partager ses jouets. Je comprends que je vais devoir le faire, mais… eh bien, je n'ai pas à m'en réjouir.

C'est l'un des avantages d'être un sale gosse. J'ai le droit de faire la moue.

Daddy est dans son bureau depuis un moment et Papi est allé faire un premier montage d'une ou deux scènes. D'habitude, il attend que nos invités soient partis pour le faire, et je souris. Il est comme un enfant à Noël qui a hâte de jouer avec son nouveau jouet. Je parie que les images de nous quatre sont *sensationnelles*.

Je suis donc le seul à entendre la voix de Goldie lorsqu'il entre dans la cuisine derrière moi.

— Euh, bonjour ?

Je me lève d'un bond de l'endroit où j'étais assis et me retourne, sentant le sourire rayonnant sur mon visage. Goldie a l'air d'être fraîchement douché, il est vêtu d'un simple T-shirt rouge et d'un jean, et ses cheveux sont légèrement humides. Il a toujours l'air délectable, et je soupçonne qu'il serait magnifique dans n'importe quel vêtement.

— Bonjour, Goldie ! m'écrié-je en bondissant vers lui pour le serrer dans mes bras.

Il semble d'abord surpris, puis se penche sur moi et me frotte le dos. *Ahhh.*

— Tu as fait une bonne sieste après avoir baisé ? lui demandé-je avec un clin d'œil.

Il rougit, mais je me contente de ricaner jusqu'à ce qu'il se détende.

— Euh, oui, merci.

— Tu as faim ?

J'indique le dur labeur de Papi et moi. Il y a une grosse marmite de porridge qui chauffe sur la plaque de cuisson et que je viens à peine de me servir, mais je sais que ce sera délicieux, parce que c'est comme ça que Papi le fait. Il y a aussi des bols avec plusieurs sortes de fruits, des pépites de chocolat, des bouteilles de miel et d'autres sauces, ainsi que des jus de fruits frais et des croissants.

Les yeux de Goldie s'écarquillent.

— Tu n'as pas fait ça à cause de moi, si ? murmure-t-il.

— Eh bien, si, réponds-je fièrement. Évidemment, nous en mangerons tous – Daddy est très strict sur la nourriture et le maintien de nos forces. Mais c'est un grand déjeuner spécial parce que tu es là.

Il se mord la lèvre et – oh, *non* – il a l'air contrarié ! Je ne peux pas accepter cela.

— Goldie, qu'est-ce qui ne va pas ? m'enquis-je, en lui prenant la main et en regardant dans ses yeux humides. Tu veux quelque chose de différent ? Je peux faire des toasts, ou il y a des céréales ou…

— Non, non, me coupe-t-il avec insistance en secouant la tête. Ce n'est pas ça. C'est juste que… je me sens mal que vous en ayez fait toute une histoire. Vous avez déjà tous été plus que gentils, je me sens égoïste d'être traité de la sorte.

Je me sens si triste que je ne sais pas quoi dire pendant un moment.

— Mais tu *es* spécial, insisté-je.

Je voulais le rendre heureux. Je n'aurais jamais imaginé qu'en préparant le petit déjeuner, je le blesserais. Je déteste qu'il pense qu'il ne mérite pas d'être gâté.

— Qu'est-ce qui se passe ici ?

La voix chaude de Papi flotte dans l'air et je me détends immédiatement. Papi saura tout arranger.

— Goldie s'inquiète que nous nous soyons mis en quatre en préparant le petit déjeuner, mais j'essayais de lui dire que nous *avions envie* de le faire.

Goldie ravale ses larmes et je lui serre la main tandis qu'il regarde Papi.

— Je ne vaux pas tous ces tracas. Je suis désolé.

Papi hausse les sourcils et s'approche. Il tient à la main un bol de porridge qu'il pose sur la grande table en bois qui domine le centre de la cuisine.

— Goldie, dit-il fermement en prenant le côté du visage de Goldie. Qui est le chef dans cette maison ?

— Daddy, répond-il immédiatement.

Papi lui sourit.

— C'est vrai, mon doux garçon. Alors, si Daddy nous a dit, à Baby et à moi, de veiller à ce que tu prennes un bon petit déjeuner et de te garder bien au chaud pendant qu'il travaille, penses-tu qu'il a tort ?

Je regarde Goldie se mordre les lèvres et froncer les sourcils.

— Non, je suppose que non.

Papi lui caresse la joue.

— Bien. Tu n'as pas à craindre que nous fassions trop d'histoires ou que nous prenions trop de temps, mon ange. C'est à Daddy de décider. Et s'il veut gâter son doux garçon – ou tous ses garçons –, c'est à lui de décider, tu ne crois pas ?

— Oui, souffle Goldie avec un peu plus de conviction.

Papi se penche et dépose un chaste baiser sur la bouche de Goldie, et je sens que sa tension s'estompe. Je souris et je ramène sa main pour en embrasser les jointures.

— Tu vois, tout est parfait. Je peux t'offrir un petit déjeuner ? Tu dois être affamé après tout le plaisir que nous avons eu.

Après tout, il n'avait pas dîné hier soir parce qu'il était trop épuisé.

— Euh, oui, dit-il avec un soupir de soulagement. J'ai faim, merci. Et le porridge sent très bon.

Je le conduis à la table de la cuisine pour qu'il s'assoie, puis je sors dans la véranda pour attraper mon bol qui n'a pas été touché. J'y ai mis des fraises et des pépites de chocolat, qui ont un peu fondu. Je m'installe à côté de Goldie pendant que Papi dépose un bol fumant de porridge frais devant lui avant d'aller chercher le sien qu'il était venu chercher.

Goldie prend timidement une cuillère et ramasse un tas d'avoine chaude, mais au moment où il pose ses lèvres dessus, il recule. Il s'excuse rapidement :

— Je suis désolé. Trop chaud, s'excuse-t-il rapidement.

Papi s'esclaffe.

— Je dois laisser le mien refroidir complètement, alors je te comprends. Peut-être devrais-tu le laisser refroidir un peu ?

— Ou bien, interviens-je avec enthousiasme, en lui proposant mon bol, pourquoi ne pas essayer le mien ? Je parie qu'il est parfait.

— Mais tu l'as préparé comme tu l'aimes, riposte Goldie en fronçant les sourcils. Je ne peux pas te le prendre.

— Tu n'aimes pas les fraises et le chocolat ? lui demandé-je.

Il se peut qu'il n'aime pas ça. Daddy et Papi ne mettent que des bananes ou des myrtilles dans les leurs, après tout.

Mais il secoue la tête.

— Non, j'aime les fraises et le chocolat, mais…

— Parfait, m'exclamé-je en échangeant nos bols. Tu vois ? Je vais en faire un autre et le manger dans une minute. J'ai déjà mangé un croissant, je ne suis pas aussi affamé que toi.

Goldie ouvre la bouche, peut-être pour protester. Mais il regarde Papi qui l'observe et sourit, espérant qu'il se souvienne de la conversation qu'ils viennent d'avoir.

— Merci, Baby, me dit Goldie. C'est vraiment gentil de ta part.

— Bon garçon, le félicite Papi en frottant son genou sous la table.

Je souris.

— De rien, Goldie. Maintenant, y a-t-il quelque chose d'autre que tu voudrais ajouter ?

Il réfléchit un instant, puis fait couler une bonne rasade de miel avant de reprendre une bouchée. Il soupire.

— C'est parfait, annonce-t-il.

Je m'occupe joyeusement de préparer un autre bol et m'inspire de Goldie en ajoutant du miel, des fraises et des pépites de chocolat. Il sera encore trop chaud pendant quelques minutes, alors pendant que le chocolat fond, je sirote un jus d'orange en regardant Goldie finir tout son bol.

— C'était génial, merci, nous dit-il en acceptant le jus de fruits que Papi lui a servi, son regard alternant timidement entre nous. Est-ce que je peux te poser une question ?

— Bien sûr, Goldie, accepte Papi.

Il a également terminé son porridge, et je me plonge dans le mien pendant que Goldie se mordille la lèvre et semble réfléchir à ses paroles. Le chocolat fond sur ma langue et je résiste à l'envie de gémir.

— Comment avez-vous rencontré Daddy ?

La chaleur m'envahit et Papi rayonne.

— Ah, bonne question. Nous l'avons rencontré dans un club kinky.

Il me tend la main et fait tourner mon alliance, ce qui me fait chaud au cœur.

— Nous étions si heureux, juste tous les deux. J'aime tellement m'occuper de Baby, mais une partie de moi avait aussi envie d'être dominée sexuellement. Au début, j'avais peur de l'avouer à Baby, mais c'est un sale gosse, il a fini par le comprendre.

Je ris joyeusement et j'embrasse le dos de sa main.

— J'aime que tu aies eu le courage d'être honnête avec moi, Papi. Je me suis senti tellement aimé.

— J'avais peur qu'il ne se sente pas à la hauteur, admet Papi en soupirant. Mais j'aurais dû faire davantage confiance à mon merveilleux mari. Nous avons donc commencé à aller dans des clubs pour trouver de gros Doms coriaces avec qui jouer, mais c'était toujours pour les scènes. Je pensais que c'était suffisant, que c'était tout ce dont nous avions besoin.

— Puis nous avons rencontré Daddy, ajouté-je en rebondissant sur mon siège.

Papi acquiesce, puis renverse la tête en arrière et rit.

— Il s'est approché de nous et nous a annoncé que nous allions rentrer à la maison avec lui. Baby s'est montré insolent et a répondu qu'il n'était pas notre chef.

Je frissonne au souvenir de ses yeux brûlants.

— Il m'a pincé le menton et m'a dit que si, il l'était, et que j'étais un vilain garçon qui avait besoin d'une bonne fessée. Et c'était une bonne fessée. *Tellement* bonne.

— Nous avons décidé d'accepter son offre, conclut Papi en souriant. Juste pour une nuit.

— Une nuit est devenue un week-end. Puis…

J'utilise ma main pour indiquer la maison et la vie que nous avons construites ensemble.

— C'est tellement romantique, soupire Goldie avec nostalgie. Mais vous n'êtes pas mariés avec lui ?

Papi secoue la tête.

— Ce n'est pas possible au Royaume-Uni. Pas encore, ajoute-t-il fermement.

Il est convaincu qu'un jour la loi changera pour les poly-amoureux.

— Mais nous avons eu une belle cérémonie d'engagement qui était essentiellement un mariage, et nos finances sont bien réglées, de sorte que nos comptes bancaires et le chalet sont à nos trois noms, au cas où il arriverait quelque chose à l'un d'entre nous.

Je gémis parce que je *déteste* l'idée qu'il puisse arriver quelque chose de grave à Papi ou à Daddy. Mais il est raisonnable de s'assurer que ces choses sont réglées, alors j'ai signé tout ce qu'ils m'ont dit de signer. Je suis heureux de savoir que nous sommes protégés tous les trois.

Papi se lève pour me serrer dans ses bras et m'embrasser sur la tête, me calmant ainsi.

— Rien de grave ne va arriver, m'assure-t-il. Tout va bien.

— Bien sûr. Pourquoi ça n'irait pas ?

— Daddy ! m'écrié-je avec un cri de joie lorsqu'il entre à son tour dans la cuisine.

Je sursaute.

— Et Princesse, ouais !

Je me lève d'un bond pour caresser notre énorme chat roux tigré que Daddy tient dans ses bras, allongé sur le dos. Elle est si grande qu'elle a l'air énorme même dans les bras épais de Daddy. Beaucoup de chats n'aiment pas qu'on leur touche le ventre, mais Princesse l'exige pratiquement. Elle ronronne bruyamment et je me retourne pour voir ce que Goldie pense d'elle.

Ses yeux sont comiquement écarquillés et sa bouche est en forme de « O ».

— Vous avez un chat ? murmure-t-il. Je peux lui dire bonjour ?

— Bien sûr, m'exclamé-je, impatient de la lui présenter. Nous l'avons depuis quatre ans, c'est un amour.

— C'est une petite paresseuse, me contredit Daddy, mais son ton est doux.

Il était catégorique sur le fait qu'il n'aimait pas les chats, jusqu'à ce que je joue la carte du sale gosse et que Papi et moi l'adoptions quand même. Je jure que c'est lui qui l'aime le plus.

Goldie s'approche prudemment avant de tendre lentement la main. Quand Princesse ne le griffe pas, il essaie de la caresser et son visage s'illumine comme un arbre de Noël quand elle recommence à ronronner.

— Ma mère et moi n'avons pas le droit d'avoir d'animaux dans notre appartement, explique-t-il, et mon intérêt s'éveille à la mention de sa vie hors de ces murs.

Il vit donc avec sa mère ?

— Pourtant, nous aimerions bien en avoir un. Je me lie toujours d'amitié avec les chats de la rue. Elle aussi, quand elle peut sortir.

Je partage un regard avec Papi. On dirait que sa mère est malade ou qu'elle a des problèmes de mobilité. Si Goldie s'occupe d'elle, cela signifie-t-il qu'il s'est lancé dans le divertissement pour adultes pour la soutenir ? Le porno est très lucratif, c'est sûr. Mais ce n'est pas une bonne raison pour le faire. Il faut y mettre du cœur.

Je vois aussi Daddy froncer les sourcils en étudiant Goldie, et je sais qu'il pense la même chose. D'habitude, c'est moi qui m'occupe des autres, mais à ce moment-là, je sens mes nerfs se hérisser. Je suis fermement convaincu que nous devons tous les trois bien nous occuper de Goldie pendant qu'il est ici.

Et pour être honnête, comme nous nous pressons tous autour de Princesse pour qu'elle se délecte de nos caresses, il semble si naturel et juste que nous nous serrions tous les trois autour de Goldie, en lui touchant le dos et en lui embrassant les cheveux.

Je me donne pour mission de lui faire comprendre à quel point il est spécial avant la fin du week-end.

Et peut-être même au-delà. Qui sait ?

CHAPITRE 12
Goldie

Les deux jours suivants passent beaucoup trop vite. Après le petit déjeuner du samedi, Baby m'a montré les jardins où il passe une grande partie de son temps libre. J'ai tué toutes les plantes d'intérieur dont j'ai essayé de m'occuper, alors sa main verte est particulièrement impressionnante pour moi. Mais plus encore, j'aime la façon dont son visage rayonne de fierté lorsqu'il parle de quelque chose qu'il aime. Qu'il s'agisse de ses plates-bandes, de Princesse ou de son Papi et de son Daddy.

Après le déjeuner, nous avons fait une séance photo autour du chalet. Baby m'a proposé d'emprunter l'un de ses T-shirts caricaturaux. Je ne serais jamais assez courageux pour porter quelque chose d'aussi audacieux, mais lorsqu'il a insisté et que Daddy a hoché la tête en signe d'approbation, j'ai laissé la décision m'échapper, et cela m'a fait du *bien*. Baby m'a choisi un haut My Little Pony, et je dois dire que je me trouve plutôt mignon dedans.

En temps normal, je ne porterais peut-être pas quelque chose comme ça, mais *Goldie*, lui, le porte. Et il adore.

Les scènes ont commencé de manière plutôt innocente,

mais nous nous sommes rapidement retrouvés en sous-vête-ments. Daddy m'a fourni des slips tout neufs d'une entreprise dont il faisait la promotion, et il m'a dit de me faire durcir un peu avant de m'y glisser. Ça n'a pas été très difficile. Je suis à moitié dur depuis que j'ai franchi cette foutue porte.

Les photos sont devenues de plus en plus osées par la suite, ce qui a naturellement débouché sur plus de sexe. Fellation, frottage, branlette, jouets et toutes sortes de jeux anaux. Ce fut un après-midi de folie et de plaisir époustou-flant. Puis, ce soir-là, nous nous sommes blottis l'un contre l'autre.

J'étais presque un peu contrarié au départ. Je sais que je me sens précieux en pensant au peu de temps que je vais passer avec ces trois hommes, et je dois arrêter de me rendre triste en comptant les heures. Mais Daddy avait demandé à Baby de mettre un film pendant que Papi nous préparait un plat de pâtes et une riche sauce tomate à la viande. Leur canapé est énorme, alors nous nous sommes blottis tous les quatre sous des couvertures en regardant le film d'action amusant que Baby avait choisi.

J'ai encore dormi dans leur lit privé cette nuit-là, restant à l'écart de la chambre que je connaissais si bien grâce à tous les films que j'avais regardés et maintenant grâce aux scènes élaborées que nous y avions faites. Il y a eu encore beaucoup d'orgasmes à partager avant de s'endormir, mais c'était le genre d'orgasme endormi sous les couvertures. Pas de jeu de rôle. Juste des mots tendres et des caresses chaudes et possessives.

Dimanche matin, Baby m'a réveillé en me demandant si je voulais surprendre Daddy et Papi de la même manière qu'il m'avait surpris samedi matin. Mon cœur avait battu la chamade dans ma poitrine, nerveux et excité, n'arrivant pas à croire que j'osais réveiller Daddy avec une pipe qu'il n'avait pas demandée. Mais alors qu'il s'était réveillé, sa main avait saisi mes cheveux, me tirant plus loin sur sa longueur. Avant même d'être complètement réveillé, il avait gémi à quel point j'étais bon, parfait et avide.

J'en avais adoré chaque seconde.

Papi nous avait préparé un brunch typiquement anglais, avec des œufs brouillés crémeux, des pommes de terre rissolées croustillantes, des tranches d'avocat et du bacon juteux, le tout arrosé de fèves au lard bien chaudes et d'une bonne dose de ketchup à la tomate. Il nous a fait un clin d'œil en nous servant, en nous disant que nous allions avoir besoin de forces.

Il ne s'était pas trompé.

Nous sommes dimanche soir et j'ai l'impression que nous avons baisé pendant des heures. Pour une fois, Daddy m'a laissé jouir en premier, sans doute parce qu'il veut que je jouisse à nouveau après qu'ils m'auront tous réclamé. Pour commencer, ils m'ont allongé sur le tapis épais et moelleux, près de la cheminée qui crépite dans le salon, les caméras braquées sur moi dans toutes les directions pendant qu'ils léchaient, embrassaient et caressaient chaque centimètre carré de mon corps jusqu'à ce que je jouisse sur mon ventre dans un désordre frémissant.

Je n'ai même pas encore vu les images de moi. Je n'en ai pas vraiment envie. Je me sens étrangement calme à l'idée que des milliers d'inconnus me voient sous mon jour le plus intime et le plus vulnérable. Mais si je devais regarder les images, qu'elles soient brutes ou montées, je pense qu'elles me rappelleraient que ce n'est pas *réel*. Cela peut le sembler lorsque nous sommes tous les quatre dans cette maison, à l'écart du monde réel. Mais la vérité, c'est que ce n'est qu'un moyen de parvenir à une fin. Un moyen d'effacer ma dette et de gagner ma liberté vis-à-vis de Robert, de M. Cundall et de tout Honipot.

Mais j'ai lu trop de romans d'amour. Mon cœur continue

à chercher des signes qui montrent que c'est plus que ça pour Daddy, Papi et Baby. Mais je *sais* que ce n'est que du travail pour eux. Ils feront en sorte que le prochain gars avec qui ils joueront ait l'impression que c'est réel, lui aussi. C'est pour ça qu'ils sont les meilleurs. C'est leur travail de faire croire aux gens que ce qu'ils voient à l'écran, c'est de l'amour.

C'est donc une bonne chose que Daddy soit là pour me réclamer et prendre toutes les décisions à ma place, en me faisant délirer pour que je ne me préoccupe pas de ce qui se passera demain à la même heure, lorsque je serai de retour à Londres dans mon petit appartement froid, loin de ce beau cottage et des hommes magnifiques qui y vivent.

Baby m'a pris pour la première fois. Il m'a gentiment demandé si cela me convenait et si j'aimais ça. Il a dit qu'il n'avait pas eu l'habitude de le faire, mais qu'il espérait que Papi le baiserait en même temps. J'aime quand Daddy me dit comment ça va se passer, mais il y avait quelque chose de vraiment spécial dans le fait que Baby me le demande comme ça. Bien sûr, j'ai répondu que j'adorerais ça, et ils m'ont plié sur le canapé en un rien de temps.

Baby a joui en moi, mais Papi s'est retenu. Il nous a laissé quelques minutes, à Baby et à moi, le temps que Baby se ramollisse en moi, tandis que nous nous embrassions et que nous rigolions ensemble. Puis Papi m'a ramené à quatre pattes sur le tapis pour prendre son temps et me pilonner. À ce stade du week-end, je suis indéniablement endolori, mais je ne dirai rien. Il ne me reste que quelques heures dans cette bulle de bonheur et je refuse de les gâcher.

Daddy a regardé Baby puis Papi me ravir, son érection monstrueuse dure dans sa main tandis qu'il se caresse tranquillement, les yeux sombres de luxure. Lorsque Papi laisse tomber sa tête en arrière et grince des dents pendant son orgasme, je tremble, je transpire, je suis dur comme la pierre et tous mes soucis se sont envolés.

C'est alors que Daddy vient s'asseoir sur le tapis avec moi, la lumière des flammes dansant sur son corps immense, tous ses cheveux sombres projetant de petites ombres sur sa peau. Il s'appuie sur une main derrière mon cul. Il utilise l'autre pour prendre ma hanche et me guider sur sa queue. J'arrive mieux à le prendre maintenant et je me sens bien et dilaté par Baby et Papi. J'enfourche ses hanches et je le chevauche, m'accrochant à ses épaules solides, en regardant dans ses yeux sombres et orageux.

Alors qu'il fait exploser sa charge en moi, qu'il m'embrasse dans le cou en me disant que je suis parfait, j'aimerais que ce moment dure éternellement. Je suis plein du sperme de ces trois hommes. Daddy me tient dans ses bras tandis que Papi berce Baby sur le tapis à côté de nous, buvant chaque seconde de notre spectacle. J'ai encore besoin de jouir – ma queue est douloureuse maintenant – mais je n'en ai presque pas envie. C'est dimanche soir, et ce sera probablement notre dernière grande scène. Si je ne jouis pas, je peux rester dans ce moment pour toujours.

Puis Daddy se détache de moi. Je m'allonge sur le ventre avec Papi et Baby de chaque côté de moi, se blottissant contre moi. J'écrase mon érection dans l'épais tapis, cherchant à me libérer tandis qu'ils touchent et embrassent ma peau et que Daddy dévore leur sperme mélangé dans mon cul, en murmurant à quel point tous ses garçons sont doux et délicieux.

Je ne me rends pas compte que je sanglote jusqu'à ce que Daddy me retourne et me prenne sur ses genoux, embrassant les larmes et me faisant taire d'une voix apaisante.

— Tu penses pouvoir tenir debout, mon ange ? me demande-t-il en brossant mes cheveux humides sur mon front. Tu as été très gentil avec ton Daddy, tu mérites un traitement spécial.

Je prends quelques respirations tremblantes, en chassant les larmes de mes yeux.

— Oui, Daddy, murmuré-je.

Je suis tenté de dire que je n'ai pas besoin de récompense, que le fait d'être avec lui, Papi et Baby est un plaisir suffisant. Mais je suis gourmand et je veux prendre tout ce que je peux obtenir de ces hommes merveilleux pendant que je peux encore prétendre qu'ils sont à moi.

Il m'aide à me stabiliser sur le tapis, puis se place derrière moi tandis que Papi et Baby s'agenouillent à mes pieds.

— Détends-toi, mon doux garçon, ordonne Daddy en se blottissant contre mes fesses, en les mordillant et en les embrassant. Nous sommes ici pour te vénérer.

Sa langue trouve à nouveau mon orifice gonflé et tendre. Papi suce le bout de ma verge qui fuit, et Baby prend mes lourdes bourses dans sa bouche. Je frissonne, halète et pleure, parvenant tout juste à empêcher mes genoux de se dérober tandis que je déplace mes mains, passant mes doigts dans les cheveux de Daddy et de Papi et sur la coupe courte de Baby.

Je me sens puissant, au-dessus d'eux pendant qu'ils utilisent leur bouche pour m'adorer, mais je me sens en sécurité parce que je sais que c'est Daddy qui commande et qui prend toutes les décisions. C'est une sorte de bonheur enivrant, et je me retrouve à flotter pendant un petit moment, même si j'étais si désespéré avant de jouir. Cependant, je ne tarde pas à sentir mon orgasme monter et je gémis quand il commence à atteindre son point culminant.

Daddy quitte mon anus pour se déplacer vers l'avant, se glissant entre Papi et Baby, qui se détachent tous les deux de moi. Ils s'agenouillent tous les trois devant moi et j'ai le souffle coupé devant ce spectacle magnifique.

— C'est ça, mon ange, susurre Daddy en me masturbant. Jouis pour nous. Tu es si beau.

— *Daddy*, gémis-je en m'appuyant sur ses épaules pour me soutenir, car mes jambes sont devenues de la gelée.

Je parviens à garder les yeux un minimum ouverts pour pouvoir regarder à travers mes cils. J'ai *besoin de* les regarder pendant que je jouis.

Puis… oh *putain.* Papi et Baby se penchent, m'embrassent et me lèchent pendant que Daddy continue à me branler. C'en est trop. Je ne peux pas tenir plus longtemps.

Je peins les visages de Papi et de Baby lorsque de longs jets blancs commencent à jaillir. Ma semence frappe le torse poilu de Daddy alors que je halète, que ma propre poitrine se soulève et que je m'évanouis. La seule raison pour laquelle je parviens à rester debout, c'est que je serre les épaules de Daddy si fort que je vais laisser des bleus.

Finalement, je suis épuisé, et Daddy me fait tomber sur ses genoux. Ils m'embrassent tous les trois en me serrant contre eux, et je ronronne de contentement.

Comme d'habitude, le sommeil tente de me gagner, mais nous sommes soudain interrompus par un violent coup de poing sur la porte. Je sens mes trois hommes se raidir et leurs têtes se diriger vers la façade du cottage. Il y a un panneau « pas de démarchage » très clair sur la porte d'entrée et aucun voisin à des kilomètres à la ronde.

— Qui cela peut-il être ? demande Baby.

Je ne sais pas, mais je suis à nouveau bien réveillé. Je ne veux pas que quelqu'un s'immisce dans notre petite bulle de bonheur, d'autant plus que demain matin, elle aura disparu pour toujours.

— C'est probablement une livraison de courrier ou quelque chose comme ça, réfléchit Papi d'un ton enjoué.

Daddy se renfrogne et récupère une boîte de mouchoirs sur la table basse. Il commence à essuyer mon sperme sur le visage et le cou de Papi et de Baby, puis sur son propre torse. Alors que Papi se lève pour aller chercher les peignoirs que nous avions laissés hors champ, Baby se lève pour éteindre les différentes caméras. Daddy me serre fort dans ses bras et embrasse mes cheveux, tout en regardant la porte comme s'il mettait au défi la personne derrière de frapper à nouveau.

Ce qu'elle fait. Plus fort cette fois, et ça ne s'arrête pas.

Daddy grogne en me soulevant de ses genoux, se lève et arrache le plus grand peignoir à Papi qui les distribue.

— Il a intérêt à ce que ce soit important, putain, s'emporte-t-il en traversant l'arche qui sépare le salon du hall d'entrée et en se dirigeant vers la porte.

J'ai tout juste le temps d'enfiler mon peignoir avant qu'il ne fasse sauter les verrous et n'ouvre la porte d'un coup sec.

— Quoi ? aboie-t-il à la personne qui attend de l'autre côté.

Visiblement, il ne le reconnaît pas.

Moi oui.

— *Robert ?* murmuré-je avec incrédulité.

CHAPITRE 13
Daddy

— QUI EST ROBERT ? grogné-je.

Je détourne mon regard du branleur qui a osé marteler ma porte pour regarder Goldie, mais... oh *merde*. Il est devenu blanc comme un linge, ses grands yeux sont écarquillés et il tremble. Je tourne la tête vers le type en face de moi, mais il a profité de ce moment de distraction pour se glisser à l'intérieur de la maison.

Ma maison.

— Bébé, s'écrie-t-il en ouvrant les bras.

Il n'est pas aussi grand que moi, mais comparé à Goldie, il est large et grand, avec des cheveux en bataille et une barbe encore plus en bataille. Un jean mal ajusté et une veste de bombardier défraîchie donnent une mauvaise impression générale.

— Ça fait longtemps.

— Qu'est-ce que tu fais là ? bafouille Goldie, et je suis heureux que Papi pose ses mains protectrices sur ses épaules, car je ne m'éloigne pas d'un iota de cet abruti.

Je l'expulserai de ma propriété s'il le faut. Mais pas avant d'avoir obtenu quelques réponses.

— Qui êtes-vous et comment avez-vous obtenu cette adresse ? exigé-je de savoir.

Il lève les yeux au ciel et désigne Goldie de la main.

— Je suis le petit ami de cette délicieuse friandise, annonce-t-il comme si j'étais un imbécile de ne pas le savoir. Et Cundall m'a donné l'adresse parce que j'étais inquiet, bébé. Dans quoi t'es-tu fourré ?

Cundall a fait *quoi* ? Je vais lui tordre le cou.

— *Ex-petit ami* ! corrige Goldie, à mon grand soulagement.

J'ai connu beaucoup de stars pour adultes en couple, mais j'aurais été furieux si Goldie ne nous l'avait pas avoué.

Et, OK, oui, l'idée qu'il appartienne à quelqu'un d'autre ne me plaisait pas. Je me fiche que ce week-end soit du travail. Je sais ce qui est à moi quand je le vois.

— Bébé, se moque Robert. Ne sois pas comme ça.

— J'ai *rompu avec* toi ! s'écrie Goldie. Après… tu sais quoi !

Je plisse les yeux et fixe ce connard. Je ne sais pas ce qui s'est passé pour que Goldie se débarrasse de son cul, mais j'ai très envie de le découvrir.

— Si Goldie dit que tu es son ex, tu es son ex, intervient Papi avec fermeté.

Baby fait des câlins à Papi et à Goldie. Béni soit mon doux garçon. C'est peut-être mon sale gosse à moi, mais ce n'est pas un lâche. Je vois dans ses yeux la détermination de s'interposer entre notre ange blond et ce salaud.

Heureusement, il n'a pas à s'en préoccuper, car son Daddy est là.

— Goldie ? raille Robert. Tu as laissé ces connards te nommer ?

Je me place entre mes hommes et notre invité indésirable.

— Pourquoi Cundall vous a-t-il donné l'adresse de notre maison privée dans laquelle vous n'avez *certainement* pas été invité ? grondé-je, en gardant ma voix basse, mais égale.

Robert me regarde de haut en bas comme s'il n'était pas

impressionné. Soit il est stupide, soit il est d'une arrogance monumentale. Je suis prêt à parier que c'est les deux.

— Le vieux Cunny m'a montré les images que vous lui avez envoyées hier. Il s'est dit que je voudrais voir comment mon chéri avait évolué dans le monde.

Même si c'est contraire au protocole, je ne suis pas surpris que Cundall ait violé notre accord de confidentialité de la sorte. Il est toujours à l'affût d'un drame.

Robert secoue la tête et se retourne vers Goldie.

— Je dois dire que tu m'avais caché ça. Tu es une vraie petite salope ! Tous ces « daddy » et ces supplications comme si tu n'avais jamais baisé correctement de ta vie.

Je parie que non. Pas de la part de cet abruti, en tout cas.

Je le fais sursauter en saisissant sa veste usée et en le soulevant sur ses orteils.

— Tu viens de traiter l'un de mes hommes de salope ? lui demandé-je d'un ton dangereusement enjoué.

Enfin, ce con a le bon sens d'avoir l'air effrayé. Malheureusement, il n'a pas fini de parler.

— Vous êtes des putains de stars du *porno* ! hurle-t-il en m'envoyant des postillons sur le visage. Mon bébé n'est pas comme ça ! Je suis venu le sauver, le ramener chez lui, là où *il doit être.*

— Je n'irai nulle part avec toi ! crie Goldie.

Je souris à Robert, me sentant comme une bête sauvage.

— T'entends ça ? Pas de chance.

Robert me tape sur les mains et je le relâche, mais seulement pour le pousser vers la porte.

— Cet endroit pue le sexe, siffle Robert. Bébé, ils se servent de toi. Rien de tout ça n'est réel. Rentre à la maison avec moi ! Maintenant que je sais ce que tu peux vraiment faire, je sais que ça pourrait être génial entre nous !

— Si tu n'as pas réalisé que Goldie était génial à la *seconde où* tu as posé les yeux sur lui, grogné-je, alors tu ne le mérites pas, putain !

Mais je me force à serrer les dents. Cette question est importante, même si je déteste avoir à la poser.

— Cependant, c'est la décision de Goldie. Goldie, veux-tu partir avec cet homme ?

C'est plus un rat qu'un homme, mais je dois m'assurer que Goldie donne une réponse honnête. Je peux dire à ce connard d'aller se faire foutre, mais ce sera plus facile s'il a entendu de la bouche même de Goldie qu'il n'est pas intéressé.

Du moins, je l'espère. J'espère que Robert entendra raison.

Et *j'*espère que Goldie ne veut pas aller avec un tel salaud.

Je n'aurais jamais dû douter de mon ange blond.

— Non ! s'écrie-t-il. Non, Daddy, je ne veux pas aller avec lui ! Je veux rester ici avec toi !

Mais son visage se décompose et son menton tremble.

— Est-ce que je dois… est-ce que tu veux que je parte ?

— *Non !* s'exclame Baby pendant le temps qu'il me faut pour me retourner et attraper la tête de Goldie pour qu'il puisse me regarder dans les yeux.

— Tu es à *moi*, affirmé-je, le cœur battant la chamade. Tant que tu voudras rester, je ne te perdrai pas de vue. Tu comprends ?

Je vais être brutalement honnête – s'il avait dit qu'il voulait y aller, je serais allé le chercher et je ne l'aurais pas laissé partir tant qu'il n'aurait pas expliqué *pourquoi* il faisait quelque chose d'aussi stupide. Heureusement, nous n'en sommes pas là.

Il se détend et hoche la tête contre mes mains.

— Oui, Daddy, sanglote-t-il. Merci beaucoup.

— Oh, arrête ça, putain ! s'emporte Robert.

Je me retourne pour le voir lever les mains en l'air.

— *Daddy, daddy, daddy.* Tu te rends compte à quel point tu as l'air pathétique ? Bébé, *rien de tout ça n'est réel.*

Il ponctue ces cinq derniers mots d'un claquement de mains.

— Tu n'es pas comme eux ! Ils baisent pour de l'*argent.* Tu vaux mieux que ça !

— Ces hommes sont cent fois plus importants que toi ! gémit Goldie, s'accrochant à nous trois. Tu *travailles* pour Honipot. Pourquoi regardes-tu toujours les talents de haut ? C'est pour ça que ton film a échoué !

La fierté m'envahit devant le courage de mon ange, mais je n'ai pas manqué la partie où ce crétin travaille pour Cundall.

Après cette violation flagrante de la vie privée, je verrai ce que je peux faire pour leur emploi à tous les deux. Mais pour l'instant, j'en ai assez.

— Fous le camp de chez moi, ordonné-je calmement, en me retournant vers mes hommes.

Ce branleur n'est pas une menace pour moi, mais il me tape sur les nerfs maintenant.

— Goldie est à nous. Je doute que tu aies jamais été digne de lui.

— Tu me *dois de l'argent !* crie Robert à Goldie, son ton abandonnant enfin toutes ces fausses gentillesses. Tu *n'as jamais* été aussi gentil avec moi ! Je mérite un morceau de ce cul ! Et si tu te prostitues maintenant, pourquoi t'en soucier ? Ce n'est pas comme si tu avais des critères. Je devrais te faire venir ici et me sucer tout de suite. Je parie que tu prendrais ton pied avec ça, sale petite…

Je ne peux pas me réfréner. Je tourne sur moi-même et mon poing s'abat sur son visage avant même que je n'y pense à deux fois. Il part en vrille, s'écrase contre la commode du hall d'entrée et envoie un vase de fleurs au sol.

Je ne savais pas que Princesse se cachait sous les tiroirs.

Elle sort en trombe, ses griffes éraflant le parquet. Elle passe devant moi et mes hommes, plonge sous la table basse avant de siffler bruyamment sur Robert.

— Dis-lui, Princesse, s'écrie Baby. Va te faire foutre, espèce de branleur, hurle-t-il à Robert. Personne ne veut de toi ici !

Robert frotte sa lèvre ensanglantée.

— Ce n'est pas fini, menace-t-il Goldie.

J'ouvre la bouche, prêt à lui dire encore une fois d'aller se faire foutre avant que je ne le traîne hors de la porte d'entrée.

Mais Goldie se met à crier.

Je me retourne, horrifié, alors que des larmes coulent sur son visage. Il reprend son souffle, le regard empli de fureur et d'une tristesse si amère.

— *Je te déteste,* hurle-t-il en se débattant contre Papi qui le retient. Tu as gâché ma vie. Tu n'es *rien !* Je ne reviendrai jamais vers toi, jamais, jamais, *jamais !* C'est à cause de toi que je suis ici ! Tu n'es rien pour moi, alors sors ! *Va-t'en ! Va-t'en ! SORS !*

Je veux le prendre dans mes bras et le protéger du *monde entier.* Mais d'abord, je dois le remettre en sécurité.

Je me dirige donc vers la fouine qui a osé venir chez *moi* et menacer *mon* garçon, je l'attrape par la peau du cou et je le *jette* physiquement par la porte d'entrée. Il hurle en roulant cul par-dessus tête sur l'allée de gravier et finit par tomber sur l'herbe. Il se remet debout en bafouillant d'indignation, mais je lui fais un signe du doigt dans l'obscurité.

— Sors de ma *putain de* propriété tout de suite, et je n'appellerai pas la police. Reste dans le coin, et peut-être que je pourrai montrer à tes couilles à quel point je suis doué avec mon fer 9.

— Espèce de sale con, rugit-il. Tu ne peux pas l'avoir ! Il est à *moi !* Pas pour un porno cochon, mais pour un vrai amour ! Bébé ! Viens ici !

Je lui lance un regard narquois, me retourne et claque la porte. Je suis sérieux en ce qui concerne la police et le club de golf, mais j'aimerais vraiment ne pas perdre une seconde de plus avec ce sale type.

Tout ce qui m'intéresse, ce sont mes hommes.

Je m'arrête un instant, le cœur brisé. Goldie s'est effondré sur le sol et sanglote à chaudes larmes. Baby s'accroche à lui, tout comme Papi, qui lève désespérément les yeux vers moi.

— Je suis désolé, murmure Goldie, les yeux fermés comme s'il essayait de se faire disparaître. Je suis tellement, *tellement* désolé.

Eh bien, ça ne va pas du tout.

CHAPITRE 14
Goldie

JE SAVAIS QUE CE CONTE DE FÉES ÉTAIT TROP BEAU POUR ÊTRE vrai. La réalité a franchi la porte avec fracas – littéralement – et maintenant mon monde entier est en train de voler en éclats.

— Je suis désolé. Je suis vraiment désolé, continué-je à bégayer.

J'ai vaguement conscience de bras autour de moi, d'être tenu, mais je ne peux pas rester dans ce cocon.

— Je vais partir. Je vais partir. Je suis vraiment *désolé.*

Une main rugueuse me pince le menton et je cligne des yeux à travers mes cils larmoyants vers Daddy, dont le regard féroce me transperce. Je recule, je ferme à nouveau les yeux, l'effroi m'envahit.

— Je suis désolé, Daddy ! couiné-je. Tout est de ma faute !

— Mon ange, tu n'as aucune raison d'être désolé, dit-il.

Mais je ne l'entends pas vraiment. Les mots me frôlent comme une pierre sur un étang.

— S'il te plaît, regarde-moi.

Mais je ne peux pas m'arrêter de pleurer. Un grand sifflement résonne dans ma tête et je n'arrive pas à reprendre mon souffle.

M. Cundall a donné cette adresse à Robert. Il devait vouloir qu'il vienne ici. Mais il n'était pas *question* que je parte avec lui. La peur et le dégoût m'envahissent et je tremble. Les choses qu'il a dites, la façon dont il a parlé de me forcer à…

Je défaille, me sentant mal, seulement soutenu par l'étreinte de Papi et de Baby. Je n'arrive pas à croire que j'ai laissé un homme aussi dégoûtant et pleurnichard me toucher.

Mais je l'ai fait. Parce que je suis faible et que je ne peux rien faire par moi-même. Il avait promis de s'occuper de moi, mais il ne l'a pas fait. Il m'a ruiné. Et maintenant…

Je sursaute, une nouvelle vague de vertige m'envahit alors que mes yeux endoloris s'ouvrent en un clin d'œil. Je crois que Daddy parle, mais je ne l'entends pas.

M. Cundall sera-t-il en colère ? Va-t-il annuler notre accord ?

Non… non, bien sûr, les images que nous avons enregistrées lui permettront de récupérer l'argent. J'ai tenu ma part du marché. Mais… et s'il veut que je travaille davantage avec Robert ? J'essaie de me rappeler si Robert vient de dire quelque chose comme ça, mais tout est si confus.

J'ai *tout* gâché. Tout était si parfait avec Daddy, Papi et Baby. J'ai adoré ce week-end avec eux. C'était probablement les deux meilleurs jours de toute ma vie. Mais Robert s'est pointé pour déclencher une bagarre à cause de moi, et les choses sont parties en vrille, et Princesse a eu peur, et ils me *détestent* probablement maintenant pour avoir donné leur adresse. À cause de moi, Robert a envahi leur sanctuaire.

— Je suis désolé, m'entends-je gémir au loin, comme si quelqu'un d'autre prononçait les mots que je pense. Je m'en vais.

Je les supplie presque de me pardonner, mais ce n'est pas juste pour eux.

Je leur ai menti sur la raison de ma présence ici. J'ai introduit une menace dans leur foyer. J'ai été avide et je les ai fait courir après moi sans lever le petit doigt. J'ai essayé d'aider aux tâches ménagères, mais ils ne m'ont pas laissé faire, mais j'aurais dû faire *plus d'efforts.* Je suis égoïste et inutile et...

— *GOLDIE !*

J'ai l'impression d'avoir été arrosé d'un seau d'eau froide. Ma vue et mon ouïe se rétablissent d'un seul coup. Le visage de Daddy est toujours devant le mien, ses doigts agrippent mon menton. Mais là où je voyais de la colère, je vois maintenant de l'inquiétude.

Ma respiration est irrégulière.

— Daddy ? murmuré-je.

Depuis combien de temps essaie-t-il de me faire sortir de ma spirale descendante ? J'aspire de l'air comme si je luttais pour sortir la tête de l'eau.

Pour la première fois, le visage de Daddy s'adoucit vraiment. Il me caresse le côté du visage et enroule son autre main autour de ma nuque, la tenant fermement, comme une ancre.

— Doux garçon, chuchote-t-il. Bon garçon. Tu n'as absolument rien fait de mal, alors il faut que tu arrêtes de t'excuser. Et j'ai *vraiment besoin que* tu arrêtes de parler de partir, d'accord ? C'est interdit. Nous étions d'accord pour que tu restes jusqu'à demain matin, n'est-ce pas ?

J'acquiesce, la tête plus claire. Je me bats avec mon cœur, mais j'essaie de voir le positif. Le contrat n'est valable que jusqu'à demain matin. C'est vrai. Daddy me veut encore jusqu'à cette date. Je ne dois pas encore renoncer à ce fantasme.

Je me sens quand même coupable.

— Mais Robert...

— Il est parti, mon ange, m'interrompt Papi. Tu n'auras plus jamais à le voir, je te le promets. Daddy lui a bien fait comprendre que tu n'étais pas à lui et que tu ne l'as jamais été.

— Tu es *à nous*, insiste Baby en enfouissant son visage dans mon cou.

Je sens Papi me caresser les cheveux.

Ce n'est pas réel. Ce n'est que jusqu'à demain matin. Mais pour l'instant, je m'accroche à l'illusion comme à un radeau de sauvetage.

Oh, *putain* ! J'aimerais que ce soit réel ! J'aimerais pouvoir rester ! Mais ce n'est qu'un travail. Ils ne veulent pas que j'interfère dans leur relation. Nous avons passé un accord, je m'y tiendrai.

Il ne me reste plus qu'à espérer que si je fais tout à la lettre, M. Cundall me pardonnera encore ma dette.

Je souhaite…

Les lèvres de Daddy s'écrasent sur les miennes, ses mains puissantes s'agrippent à ma mâchoire.

— Goldie, grogne-t-il contre mes lèvres. Arrête de t'inquiéter. Arrête de penser tout court. C'est à moi de prendre toutes les décisions, non ?

— Oui, réponds-je.

Il peut encore être mon Daddy pour l'instant. Pour quelques heures encore. Je laisse donc mes yeux se fermer, ne pensant qu'à la sensation de ses mains qui s'accrochent à mon visage.

— Oui, qui ? demande-t-il.

— Oui, Daddy, corrigé-je rapidement.

Contre mon gré, j'ouvre à nouveau les yeux, la peur se logeant dans ma gorge.

— Est-ce que tu veux encore de moi ? Même après que j'ai été si mauvais ?

Les narines de Daddy se dilatent.

— Est-ce que j'ai dit que tu avais été vilain ?

J'ouvre et je ferme la bouche.

— Non, mais…

— Tu me traites de menteur ? gronde-t-il, et je m'empresse de secouer la tête. Parce que ce que j'ai vraiment dit, c'est que tu es mon doux, parfait et *gentil* garçon. Rien de ce qui vient de se passer n'est de ta faute. *Rien du tout*. Daddy a trouvé que tu étais courageux, et il est si fier de toi pour avoir dit ce que tu voulais, pour être resté fort. Tu me comprends, mon ange ?

Je me mords la lèvre. Je *sais* que Daddy sait mieux que quiconque et qu'il n'est certainement pas un menteur. Mais je ne peux pas faire disparaître ces sentiments terribles. Je ne mérite pas tout cet amour et cette patience.

L'amour ? Ce n'est pas de l'amour. Ce n'est pas réel. C'est…

Daddy grogne et enroule soudain ses énormes bras autour de moi, me soulevant en même temps qu'il se lève. Je couine et m'empresse de m'accrocher autour de lui comme un koala. Il soupire et frotte les cheveux courts de ma nuque, ce qui me fait frissonner.

— Tous mes beaux garçons dans la douche, maintenant, s'il vous plaît, ordonne-t-il doucement.

Alors qu'il marche dans le couloir, je regarde par-dessus son épaule Papi et Baby qui nous suivent main dans la main. Baby croise mon regard, puis avance de quelques pas pour tendre la main et me prendre le côté du visage. Je respire en tremblant, mais les mauvaises pensées s'envolent.

Maintenant, si je pouvais les tenir à l'écart.

Nous arrivons à la salle de bains et Daddy fait couler l'eau avant même de me poser. La vapeur commence à envahir l'air pendant qu'il m'installe. Puis, l'un après l'autre, il enlève nos peignoirs. Même celui de Papi, qui est en train de réconforter Baby. Papi lève les yeux lorsque Daddy lui ôte l'épais peignoir de ses épaules et se penche pour déposer un chaste baiser sur ses lèvres.

— Merci, Daddy, murmure-t-il.

La culpabilité et la peur menacent de revenir dans mon esprit, mais Daddy me dirige doucement sous l'eau avec Papi et Baby, et nous nous serrons tous ensemble sous le jet brûlant.

Je ferme les yeux et me laisse envahir par la vapeur qui remplit mes poumons tandis que l'eau brûlante s'abat sur ma peau et la fait frissonner. Trois corps solides se pressent contre moi, des mains me frottent lentement le long du dos, de mon torse et de mes bras. Je sens un baiser sur ma tempe, puis un autre de l'autre côté. Chaque parcelle de mon corps est touchée ou maintenue par l'eau ou par mes amants.

Je sais que je ne peux pas garder toutes les mauvaises pensées à l'écart pendant longtemps. Elles sont trop réelles, trop lourdes. Mais pour l'instant, je peux choisir d'y succomber ou d'être présent pour les dernières heures précieuses que j'ai avec ces hommes incroyables. C'est un cadeau que je chérirai à jamais.

J'ai l'impression que je ne peux pas imaginer la vie sans eux, mais c'est juste parce que ce week-end a été si intense. Je suis sûr qu'après quelques jours de retour à la vie normale, tout ira bien. J'ai déjà survécu et je survivrai encore.

Je me concentre donc uniquement sur leurs douces caresses et leurs lèvres possessives. Daddy nous lave tous les trois, et je me laisse aller contre son large torse poilu pendant qu'il accorde une attention particulière à mes parties intimes, s'assurant que je suis parfaitement propre après notre scène de cet après-midi.

Je ne veux pas quitter le confort de la douche, mais mes doigts se tailladent. Daddy doit s'en rendre compte, car il coupe l'eau et nous enveloppe chacun dans une grande serviette blanche et moelleuse. Papi commence à aider Baby à se sécher, mais Daddy secoue la tête.

— Non, mon amour. Viens ici.

Je regarde Daddy frotter ses mains contre les bras de Papi à travers la serviette, et pendant une seconde, Papi sanglote en fermant les yeux. Puis il laisse échapper une respiration tremblante, ouvre les yeux, hoche la tête avec un petit sourire et embrasse doucement Daddy sur la bouche.

Ils se tournent ensuite vers Baby, qui sourit et soupire joyeusement tandis qu'ils l'essuient rapidement.

Ensuite, c'est mon tour.

Maintenant, ils ont tous leurs serviettes enroulées autour de leurs hanches, de sorte que leurs mains sont libres de déplacer ma serviette contre toutes les parties de mon corps. La vapeur se dissipe, et bien qu'il fasse un peu plus froid, je me concentre uniquement sur la sensation du tissu contre ma peau, me réjouissant du fait que mes trois hommes s'occupent de moi après l'horrible choc de l'apparition de Robert, sorti de nulle part.

Maintenant que je suis plus calme, je commence à comprendre que ce n'était pas vraiment ma faute. Oui, Robert est venu me chercher, mais je ne le lui ai pas demandé et ce n'est certainement pas moi qui lui ai donné l'adresse du chalet.

— Merci, Daddy, dis-je.

Il relève la tête et je m'attends à ce qu'il me demande « pour quoi ? ». Au lieu de cela, son sourire est chaleureux et il dit simplement :

— De rien, mon ange. Daddy sait ce qui est le mieux, et il sera *toujours* là pour prendre soin de toi et faire les bons choix. D'accord ?

Enfin, pas toujours, mais au moins pour ce soir. Je ravale la boule que j'ai dans la gorge et je parviens à hocher la tête.

Je ne veux pas que la soirée se termine, mais alors que

Daddy nous conduit dans la chambre comme un troupeau de moutons, je ne peux m'empêcher de bâiller, l'épuisement me dévorant. Je l'entends glousser chaleureusement en me frottant le dos.

— C'est l'heure d'aller au lit, les enfants, plaisante-t-il.

Il nous place nus sous les couvertures, lui du côté droit, puis moi, Baby et enfin Papi du côté gauche. Les deux hommes nous câlinent, de sorte que Baby et moi sommes enveloppés. Même s'il ne s'agit que d'une main qui se pose ou d'une jambe qui se balance, nous nous touchons tous d'une manière ou d'une autre.

J'essaie de lutter contre le sommeil, ne voulant pas que ce beau moment se termine. Mais je ne peux pas arrêter le temps qui avance malgré mon cœur brisé. Au moins, je vais pouvoir passer une nuit de plus dans ce magnifique chalet avec ces hommes époustouflants. Même Princesse, la chatte, saute sur le lit et s'endort à nos pieds.

Je me dis que j'ai de la chance d'avoir eu ce temps. J'aurais pu avoir à rembourser le prêt de M. Cundall avec des hommes indifférents ou méchants. Cela a été le plus grand privilège de ma vie.

Et quand elle se terminera demain, je ne serai pas ingrat.

Je chérirai ce moment aussi longtemps que je vivrai.

CHAPITRE 15
Daddy

Je ne suis qu'à moitié réveillé, mais je sais que quelque chose ne va pas.

Mes yeux s'ouvrent en un clin d'œil. Je jette un coup d'œil au réveil et je vois qu'il est un peu plus tard que d'habitude, mais c'est normal après la contrariété d'hier.

Ce qui n'est *pas normal*, c'est que je n'ai que deux de mes trois hommes dans mon lit.

Je fronce les sourcils en me disant que tout va bien. Goldie est probablement aux toilettes. Mais l'inquiétude me ronge, et elle ne sera pas apaisée tant que je n'aurai pas constaté que mon ange va bien. S'il s'est levé tôt pour ruminer, il aura peut-être besoin des câlins de son Daddy pour se calmer.

Je me pose encore beaucoup de questions sur la visite de Robert. En particulier, qu'est-ce que Goldie a bien pu vouloir dire quand il a déclaré que sa présence ici était entièrement de la faute de Robert ? Robert avait-il fait en sorte que Goldie se sente si peu à l'aise au lit qu'il s'était tourné vers le porno pour lui prouver qu'il avait tort ?

Au moins, je suis à peu près sûr de l'origine des insécurités de Goldie à propos des pipes et de tout le reste. On aurait dit que ce connard n'appréciait pas une *fraction de* ce que Goldie valait. Je détestais que Goldie parle ainsi de lui-même, maintenant je pense que ce n'était pas du tout de la comédie. Il pensait vraiment qu'il était nul au lit.

Cela me donne envie de frapper Robert à nouveau.

Sauf que non, je n'en ai rien à faire. Je ne me soucie pas d'un tel abruti. Je me préoccupe de mes garçons. Alors je laisse Papi et Baby dormir, j'enfile un jogging et je pars à la recherche de Goldie.

Je suis accueilli par Princesse, qui rôde dans le couloir. La porte était entrouverte, je ne sais pas pourquoi elle n'est pas entrée comme d'habitude. Elle a eu une sacrée frayeur hier soir et s'est retrouvée sur le lit à nos pieds dès que j'ai remué dans la nuit. Mais pas maintenant.

Elle se lamente auprès de moi.

— Chut, ma fille, chuchoté-je. Papi et Baby dorment. Qu'est-ce qu'il y a ?

Je vais pour la prendre dans mes bras, mais elle me file entre les doigts, trottine dans le couloir et pousse un autre cri. Je ricane et la suis jusqu'au salon.

Où j'arrête de rire.

Goldie est assis sur le canapé, habillé comme à son arrivée, son sac à dos posé à ses pieds. Son téléphone est serré dans ses mains et il me regarde d'un air coupable lorsque je m'arrête dans l'entrée.

— Qu'est-ce qui se passe ? demandé-je, sans tirer de conclusions hâtives.

Mais mon cœur bat la chamade et ma peau se hérisse.

La lèvre de Goldie tremble et il baisse les yeux sur son téléphone.

— Le week-end est terminé. Le contrat a pris fin.

Je déglutis. Je n'ai pas souvent peur de quoi que ce soit,

mais là, il me fout la trouille. Je dois sérieusement lutter contre l'envie de lui crier dessus et de le ramener au lit.

— D'accord, dis-je d'un ton égal. Le contrat de travail est conclu, oui. Mais pourquoi ton sac est-il prêt ?

Princesse cogne sa tête contre le sac à dos et miaule bruyamment. Elle ressemble à ce que je ressens.

Goldie déglutit et ne me regarde pas dans les yeux.

— Merci beaucoup pour cette expérience incroyable. Vous avez tous été si gentils et…

— Qu'est-ce qui se passe ?

Je me retourne pour voir Papi et Baby en robe de chambre derrière moi.

— Goldie, où vas-tu ? demande-t-il, les yeux écarquillés, un frémissement dans la voix.

Goldie se mord la lèvre.

— C'était très amusant, mais je dois retourner à ma vraie vie. J'ai plié ton T-shirt et je l'ai laissé dans le panier à linge de la salle de bains. Merci de me l'avoir prêté. M. Cundall a dit que cet arrangement était juste pour le week-end, et je dois…

— *J'emmerde* Cundall, rugis-je, libérant enfin un peu de ma peur et de ma colère. Qu'est-ce que c'est que cette histoire de départ ? Je t'ai dit hier soir que tu restais ici.

Il ferme les yeux, des larmes jumelles coulent sur son visage. Quand il parle, c'est à peine un murmure, et je n'arrive pas à croire ce que j'entends.

— *C'était quand tu étais mon Daddy.*

Étais ?

— C'est quoi ce bordel ? marmonné-je, la voix rauque.

Je sens la main de Papi sur mon épaule, mais je la repousse.

— Quelle partie de « tu es à moi » n'était pas claire ? Est-ce que j'ai *dit que* tu pouvais partir ?

prouve à quel point il a besoin de son Daddy. Je dirais bien qu'il va recevoir une sacrée punition pour m'avoir désobéi sur ce point, mais la vérité, c'est que je suis tellement préoccupé par son bien-être que je ne lèverai pas le petit doigt contre lui. Baby adore les bonnes fessées. Mais Goldie a besoin d'être enveloppé dans mes bras pour que je puisse lui dire que tout ira bien. Je m'en assurerai. C'est *à moi de* jouer avec lui, de tirer le meilleur de lui et de le faire briller comme il se doit.

Je ferme les yeux en grognant contre la boule qui menace de monter dans ma gorge. Les émotions ne servent à rien ici. Je dois agir logiquement pour régler cette putain de situation.

Je dois me rendre à l'évidence, notre ange ne veut pas que les choses s'arrangent. Sinon, pourquoi s'éloignerait-il si facilement ?

On frappe à la porte.

— Allez vous faire foutre, aboyé-je d'un ton sec.

Je ne suis pas du tout fâché contre mes deux garçons, mais je me connais, je ne pourrai pas m'empêcher de m'en prendre à eux. J'ai toujours le contrôle, je *déteste* qu'on me l'enlève.

Ils n'écoutent pas. Je serre les dents lorsque Papi entre, son ordinateur portable ouvert dans les bras, Baby marchant à ses côtés.

Ils ont tous les deux l'air bien trop joyeux.

Ai-je perdu la tête ? Suis-je le seul à penser que nous avions tous les quatre quelque chose ? Pourquoi ne sont-ils pas aussi dévastés que moi ?

— J'ai dit…

— J'ai entendu, me coupe Papi calmement.

Il pose son ordinateur portable sur mon bureau, l'écran face à lui, dos à moi.

— Il faut qu'on parle de Goldie.

— Qu'est-ce qu'il y a à dire ? Il est venu, il a baisé, il a été payé, il est parti. C'est tout ce que ça représentait pour lui.

Baby a encore l'air bien trop excité, il se balance sur la pointe des pieds. Papi hausse les sourcils et me regarde pendant quelques secondes. Je vois bien qu'il essaie de me calmer, mais ça ne m'intéresse pas du tout. Il continue malgré tout.

— En fait, c'est ça le problème.

— Quoi ?

Il me sourit.

— Ce con de Robert n'est pas le seul à pouvoir soutirer des informations à Cundall. Après sa spectaculaire déconfiture, j'ai réussi à le convaincre de tout me dire sur Goldie.

J'oublie parfois que mon bel homme a été secrétaire juridique. C'est l'une des raisons pour lesquelles nos activités commerciales sont si étroites. Il sait exactement ce qu'il faut dire pour que les adultes se pissent dessus.

— Alors ? demandé-je malgré moi.

C'est plus fort que moi. Je suis toujours aussi fâché, mais je veux tout savoir sur notre doux garçon.

— Il n'a pas été payé.

Je hausse les épaules.

— *Je* me ferai payer, rouspété-je. Vous savez ce que je veux dire. Pour lui, ce n'était qu'un travail. Peu importe ce que nous ressentions, il…

— Il ne touchera pas un *sou,* Daddy, précise Baby.

Il a les poings serrés et son excitation s'est transformée en détresse. Je suppose que Papi et lui ont déjà discuté des propos de Cundall.

— Tu te souviens quand Goldie a dit à Robert que c'était de sa faute s'il était ici ?

Oui, mais je ne fais que grogner en réponse. Je n'ai cessé de le répéter. Il avait donné l'impression qu'il ne serait jamais venu à ma demande.

Comme s'il ne voulait même pas être ici, alors que je pensais qu'il s'y était installé. Je pensais que c'était peut-être destiné à être sa maison, aussi.

— Robert travaille comme producteur pour Honipot, explique Papi en tournant son ordinateur portable pour me montrer une liste ou quelque chose comme ça.

Je m'en fiche. Je me contente de le fixer du regard, voulant qu'il en finisse avec cette pénible explication. Je n'ai pas l'impression que mon ange blond va rentrer à la maison.

— Goldie l'a dit hier soir, répété-je d'un air dédaigneux.

Mais Papi secoue la tête, pas le moins du monde perturbé.

— Robert voulait faire un film indépendant qui serait distribué par Honipot – comme l'accord que nous avons conclu avec Cundall – mais il n'avait pas les fonds nécessaires pour le développer. Cundall lui a proposé un prêt, une avance sur la distribution, et il a convaincu son petit ami de l'époque de cosigner avec lui.

— Goldie, précise Baby, de nouveau enthousiaste.

— Mais il s'est avéré que Goldie était l'unique engagé. Et lorsque le projet a sombré à la suite d'accusations d'agression sexuelle à l'encontre de Robert, Goldie s'est soudain retrouvé redevable à Honipot et à Cundall.

Je fronce les sourcils.

— Donc Goldie travaillait déjà pour Honipot en plus de Robert ? supposé-je, essayant de clarifier la situation.

Ils secouent tous les deux la tête, et Baby danse pratiquement sur ses orteils.

— Goldie travaille dans un *café*, s'exclame-t-il. Il n'essaie pas d'entrer dans l'industrie. Cundall lui a proposé d'éponger ses dettes en jouant dans quelques films. Il devait y en avoir plusieurs, mais nous l'avons attrapé. Il n'a pas l'intention de travailler avec quelqu'un d'autre, pour autant que Cundall le sache.

Tout mon estomac passe à travers la chaise et tombe sur le sol.

— Il… *quoi ?*

Je pensais que sa nervosité avait du sens avant, vu la façon merdique dont Robert a parlé de leur histoire sexuelle. Mais maintenant…

Je me passe la main sur le visage, je me sens mal.

Il ne voulait même pas être notre compagnon de jeu. Il essayait juste de rembourser une dette. Soudain, notre magnifique week-end passé ensemble semble sale et tordu.

— Quel était le montant du prêt ? croassé-je, tentant de me concentrer sur les faits plutôt que sur les sentiments.

La bouche de Papi se pince.

— Cinq mille, annonce-t-il d'un ton sombre.

— Cinq mille ? bafouillé-je. Cinq putains de milliers de livres ? C'est de la petite monnaie ! Je les aurais *donnés* à Cundall s'il me l'avait demandé !

Je serre les poings si fort que mes ongles menacent de briser la peau.

Baby nous dévisage à tour de rôle.

— Il gagnerait probablement plus que ça avec toutes les images que nous avons prises, non ?

— Beaucoup plus, grogné-je.

— Probablement au moins le double, convient Papi.

— Cundall l'a baisé à plus d'un titre, dis-je, le sang coulant à flots dans mes oreilles. Il n'a jamais voulu venir ici. Il l'a fait contre son gré. Je l'ai traité comme un garçon consentant, mais il était…

Oh, putain. Je me sens mal.

— Non, non, s'écrie Papi avec insistance.

Il contourne le bureau avec précipitation et s'agenouille à mes pieds, prenant mes mains dans les siennes.

— Non, Daddy. Il avait des mots de sécurité, mais tu l'as vu. Nous l'avons tous vu. Il *rayonnait* sous tes soins. C'était comme regarder une fleur s'épanouir. Il aimait tout ce que nous faisions, je le sais. J'en suis certain. Il n'a rien fait contre sa volonté.

Je secoue la tête avec amertume.

— Mais il ne serait jamais venu si Cundall ne l'avait pas mis dans cette position.

— Mais, Daddy…

Baby hésite, comme s'il voulait me contredire.

Pour une fois, j'ai envie de l'entendre.

Je dégage une de mes mains d'entre celles de Papi et je la tends à Baby. Il vient vers moi avec empressement et la prend.

— Oui, mon doux garçon ?

Il se mord la lèvre et secoue la tête.

— Je ne pense pas qu'il serait *parti* sans Cundall. Ou l'intrusion de Robert dans notre maison. Il n'arrêtait pas de parler du contrat. Peut-être qu'il avait peur que Cundall ne tienne pas sa part du marché s'il s'en écartait.

Il renifle et se frotte le visage.

— Goldie était spécial. Honnêtement, je ne pense pas qu'il était ici contre son gré, pas vraiment. Et ce que nous avons partagé était réel et magique.

Je regarde les deux hommes que j'aime tant. J'étais pourtant si sûr que la présence de Goldie avait complété quelque chose pour nous, comme une pièce de puzzle dont nous ne savions même pas qu'elle était manquante.

— Il n'arrêtait pas de dire que ce n'était pas réel, dis-je lentement.

— Peut-être qu'après tout ce que Robert a dit, il avait trop peur de croire que c'était possible ? suggère Papi. Lorsque les gens ne font pas partie de notre industrie, il est facile de croire que tout ça n'est qu'un spectacle. Ils ne sauraient pas forcément distinguer les émotions réelles.

Je respire profondément, me renfrogne en essayant d'assimiler mes pensées. Je travaillais dans le porno bien avant de rencontrer Papi et Baby. C'est moi qui les y ai initiés. Et les gens ont mis du temps à comprendre que nous étions un vrai couple.

— Il avait l'air si effrayé, me rappelé-je, me souvenant de son visage juste avant qu'il ne parte. Je ne sais pas ce qu'il pensait, ce qu'il voulait vraiment. Pourquoi ne nous a-t-il pas simplement parlé de la situation, pour l'amour du Ciel ? Pourquoi Cundall ne l'a-t-il pas fait ?

— Cundall lui a fait jurer de ne rien dire, répond Papi, sa voix s'assombrissant. Il a dit qu'il ne voulait pas salir le nom d'Honipot.

— Trop tard pour ça, raillé-je.

— Pourquoi ne pas lui demander ? dit Baby.

Je fronce les sourcils.

— Demander quoi à Cundall ? À quel point il aimerait être viré ? Un peu ou beaucoup ?

Baby s'esclaffe.

— Oui, ça a l'air bien. Mais non. Je parlais de Goldie. Tu as dit que tu ne savais pas ce qu'il ressentait vraiment ou ce qu'il voulait vraiment. Alors pourquoi ne pas l'appeler tout de suite pour lui *demander* ? Papi a obtenu toutes ses coordonnées de Cundall.

— Non, aboyé-je en me levant.

Je sens mon sang pomper en moi pour la première fois depuis le misérable échange de ce matin.

Papi se lève aussi, l'air confus. Je tiens les mains de mes deux hommes dans les miennes.

— Tu ne veux pas l'appeler ? demande Baby, l'air abattu.

J'embrasse le dos de sa main.

— Non, mon doux garçon.

— Mais… tente-t-il d'argumenter.

Mon cœur se gonfle à l'idée qu'il se soucie autant que moi de cette question, mais c'est moi qui suis responsable.

C'est mon travail de m'occuper de *tous* mes hommes.

— Je suppose que les coordonnées que vous avez obtenues comprennent une adresse ? demandé-je à Papi.

Son expression passe de la confusion à la joie.

— Oui, Daddy, dit-il à bout de souffle, tandis que la bouche de Baby s'entrouvre. Il vit dans le sud de Londres.

Je souris et je serre les mains de mes hommes.

— Alors je pense qu'on va faire un voyage en voiture. Tout de suite.

Baby fait des bonds et donne des coups de poing dans l'air.

Je dois dire que je ressens exactement la même chose.

Nous venons te chercher, Goldie.

CHAPITRE 16

Goldie

Je ne suis parti que depuis trois jours. Comment se fait-il que les escaliers qui mènent à mon appartement me semblent déjà si inconnus ? Si étranger ? Cela ne ressemble pas à la vraie vie que j'étais déterminé à retrouver.

En fait, tout semble déplacé par rapport, par exemple, aux collines ondulantes du Wiltshire. Se réveiller avec les arbres qui bruissent dans la brise et le doux ruisseau qui bouillonne devant ma fenêtre.

Je m'arrête devant la porte de l'appartement de maman et moi, clé en main, en me mordant la langue.

Je ne peux pas aspirer à cette vie. Je ne peux pas. Ce n'était qu'une illusion, je ne la mérite pas de toute façon. Mais tout au long du voyage de retour, j'étais en conflit et confus. Daddy semblait tellement en colère quand je suis parti, mais c'est ce que nous avions convenu. C'était le contrat.

Il ne s'attendait pas vraiment à ce que je reste plus long-temps, si ?

Je ne pouvais pas, de toute façon. Pas avec maman. Je suis content d'être de retour pour la voir et m'assurer qu'elle va bien. Elle n'arrive pas à se souvenir de répondre aux textos, alors même si j'ai appelé et envoyé des messages à plusieurs reprises, je n'ai reçu que des réponses très courtes, sans beaucoup de détails. Elle a juste insisté sur le fait qu'elle allait très bien et qu'il ne fallait pas s'inquiéter pour elle.

Mais je m'inquiète pour elle. Tout le temps.

Je ne sais donc pas pourquoi Daddy a été si surpris que je parte alors que c'était prévu. Bien sûr, c'était probablement merdique de ma part d'essayer de m'enfuir en douce, mais j'étais presque certain que mon cœur se serait brisé si nous en avions fait toute une histoire.

Au lieu de cela, nous nous sommes disputés et Daddy m'a dit d'aller me faire foutre. Un sanglot m'enserre la poitrine, et je dois enfoncer la clé dans ma paume pour m'empêcher de perdre pied. J'ai toujours su que je ne le reverrais pas, ni Papi, ni Baby, mais l'idée qu'ils soient quelque part dans le monde en train de me *haïr* ne me fend pas seulement le cœur. Elle le brise en mille morceaux et le piétine sur le sol.

Je sais qu'ils ne m'aiment pas, même si ce week-end a été parfait. Ils s'aiment *les uns les autres.* Je n'étais qu'un jouet avec lequel ils étaient gentils. Mais j'aurais aimé que nous nous quittions à l'amiable plutôt qu'avec un goût si amer dans la bouche de chacun.

J'ai quand même réussi à trouver un moyen de tout gâcher, peu importe ce que Daddy disait.

Je me secoue physiquement. Je ne peux pas rester éternellement à la porte de ma propre maison. Je dois la franchir, retourner dans ma vie, comme si je n'avais jamais rencontré Daddy, Papi et Baby.

Sauf que je l'ai fait, et le résultat le plus important est que mon prêt contre Honipot sera annulé. Je n'ai aucune idée de la façon dont l'argent est gagné dans le porno, entre les abonnés et la publicité, mais avec la quantité d'images que nous avons réussi à accumuler, il doit y avoir plusieurs longs films ainsi que beaucoup de plus petits et de photos.

Je déglutis en pensant aux gens qui vont le regarder. Croiront-ils que cela ressemblait à quelque chose de plus que de la baise ? Ou verront-ils qu'il s'agit simplement de trois partenaires qui invitent quelqu'un de jetable chez eux pour le week-end ?

Ça suffit. Ce qui est fait est fait. Avant de pouvoir me morfondre davantage, je coince la clé dans la serrure et la tourne, entrant dans notre salon. Tout est comme je l'ai laissé, ce qui est étrange, vu tout ce qui m'est arrivé depuis mon départ.

— C'est toi, mon chéri ? appelle Maman depuis sa chambre, l'air bien réveillée, et mon cœur s'emballe.

— Oui, réponds-je en laissant tomber mes clés dans le bol posé sur la table près de la porte.

Je retire mon sac à dos et j'enlève mes chaussures en gémissant de soulagement. Le voyage a été assez long, d'autant plus que j'ai dû attendre des heures ma correspondance à Bath Spa à cause d'une annulation, et que je suis de toute façon courbaturé par un week-end physiquement éprouvant.

Non, ne pense pas à ça. *La la la.*

Je franchis la porte de sa chambre et je la trouve non seulement réveillée, mais aussi les joues roses et souriante. Elle est vêtue de ce qu'elle appelle de vrais vêtements – autrement dit, pas de pyjama – et lit sur sa Kindle.

— Waouh, Maman, m'exclamé-je en allant la serrer dans mes bras. L'infirmière t'a emmenée dans un *spa ?*

Elle rit et me donne un coup dans l'épaule alors que je m'assois à côté d'elle.

— Elle a été excellente. Et ce kinésithérapeute a fait des miracles. Je sais que je suis en train de remonter la pente, mais je ne me suis pas sentie aussi bien depuis des années.

Je lui souris, essayant de cacher ma tristesse. Si nous pouvions lui offrir un traitement privé comme celui-ci en permanence, cela n'arrêterait pas les mauvais jours, mais cela lui offrirait une bien plus grande liberté de vie lorsqu'elle serait en pleine forme.

Comme si elle lisait dans mes pensées à propos de l'argent, elle me jette un coup d'œil perspicace.

— Tu es sûr qu'on pouvait se le permettre ?

Elle n'a aucune idée du prêt douteux de Robert ni du fait que j'ai été entraîné là-dedans, et ça va rester comme ça. Je ne peux donc pas admettre que j'ai utilisé l'argent que j'avais économisé pour essayer de rembourser M. Cundall pendant son week-end.

— Flora m'a offert une prime surprise, expliqué-je, espérant que le mensonge sur ma patronne ne me reviendra pas en pleine figure.

Elle me sourit et me tapote le genou.

— C'est une femme charmante.

Au moins, c'est vrai. Maman secoue la tête et tape plus fort sur mon genou.

— Enfin, assez parlé de moi ! Et *toi* ? Comment s'est passé ton week-end ? Ce sont des amis que tu as rencontrés en ligne, c'est ça ?

Elle n'était pas du tout effrayée par le mensonge que je lui avais raconté. En fait, elle semblait ravie que je sorte et que je fasse quelque chose de nouveau. Qu'elle soit bénie. Je jette un coup d'œil à sa liseuse et je repense à la peur que j'avais eue de lui avouer que je lisais livre après livre de romance gay. Mais dès que je l'avais fait, elle m'avait demandé mes meilleures recommandations et était devenue encore plus fan que moi de ce genre littéraire.

Elle est extrêmement détendue sur beaucoup de choses, mais je pense que je ne pourrai jamais lui parler de ce week-end, et cela me rend triste. Daddy, Papi et Baby ont peut-être été une présence éphémère dans ma vie, mais leur impact sera sans aucun doute important et durable.

Pour le meilleur et pour le pire.

— J'ai passé un très bon moment, merci, dis-je en essayant de sourire.

Parce que c'est le cas. J'espère qu'avec le temps, je pourrai me souvenir des bons moments, des moments *merveilleux*, et oublier les mauvais.

— Je devrais probablement mettre du linge à laver. Tu as quelque chose pour une lessive foncée ?

J'ai l'impression que maman sait que j'évite un peu la question, mais elle n'insiste pas, et je lui en suis reconnaissant. Pendant un petit moment, je m'occupe de quelques tâches ménagères, puis je commence à préparer un dîner rapide. Un coup frappé à la porte nous fait sursauter tous les deux – surtout moi, après la nuit dernière – mais maman sourit de là où elle est perchée sur le canapé.

— Oh, c'est sûrement les voisins, dit-elle. Ils m'ont dit qu'ils allaient faire des courses et m'ont proposé de m'apporter quelques bricoles.

— Ils sont si gentils, répliqué-je avec sincérité en parlant du jeune couple grec qui a emménagé il y a six mois.

Ils ont proposé leur aide à plusieurs reprises, et c'est une autre raison pour laquelle je me suis senti à l'aise de quitter maman pour le week-end. Je m'essuie les mains sur un torchon et me dépêche d'ouvrir la porte avant qu'ils ne frappent à nouveau.

Mais il s'avère que j'avais toutes les raisons de m'inquiéter.

Car une fois de plus, Robert se tient de l'autre côté de la porte.

———

— Qu'est-ce que c'est que ce bordel ? bafouillé-je d'horreur.

Il n'est jamais venu dans notre appartement auparavant, mais peut-être que M. Cundall a également divulgué cette adresse. Cette idée me donne envie de vomir. Je *savais que* cet homme était un sale type.

J'essaie de lui claquer la porte au nez en entendant maman haleter derrière moi, mais je ne suis pas assez rapide et Robert est plus grand que moi. Il force le passage, trébuche un peu avant de me repousser et de refermer la porte.

— J'appelle la police, m'écrié-je avant de me rendre compte que j'ai laissé mon foutu téléphone dans la cuisine où je l'utilisais comme minuteur pour cuisiner.

J'essaie de me précipiter vers lui, mais Robert m'attrape le poignet et me tire en arrière.

— Lâchez mon FILS ! hurle maman.

Elle se lève péniblement avec sa canne, mais nous savons tous qu'elle ne fera pas le poids face à Robert.

Il ricane, puis l'ignore complètement pour m'approcher de son visage. Il a un œil au beurre noir spectaculaire à cause du coup de poing que Daddy lui a donné la veille. Je sens l'odeur de la bière et de la cigarette dans son haleine, ce qui me fait reculer.

— Tu m'as fait virer, bébé, sanglote Robert.

Malgré ma situation périlleuse, j'éprouve un sentiment de triomphe. Au moins, quelque chose de bon est sorti de tout ça. Daddy a dû contacter M. Cundall aujourd'hui.

— Pourquoi t'as fait ça ?

J'essaie de me dégager de son emprise.

— J'ai essayé de te sauver de ton pétrin ! lui réponds-je en criant.

Je n'ai plus rien à perdre, et toute la colère et la détresse que j'ai refoulées depuis que j'ai dû quitter Daddy, Papi et Baby remontent à la surface. C'est toi qui as fait foirer le film ! Tu as essayé d'agresser mes amis dans leur maison ! C'est *fini,* Robert ! Laisse-moi tranquille !

— Robert ? répète maman, d'une voix glaciale. C'est donc vous qui avez traité mon fils de façon si épouvantable ?

— Ferme ta gueule, *salope !* hurle Robert.

Il titube à nouveau et je me demande combien de bières il a bues.

— Pourquoi as-tu tout gâché, bébé ? Pourquoi t'es-tu *prostitué* à ces sales pervers ? La façon dont cet homme t'a traité était pire qu'un animal !

— Daddy *s'est occupé de* moi ! crié-je, sans me soucier d'étaler tous mes secrets devant ma mère. Il m'a *chéri* ! Ce n'était peut-être que pour un week-end, mais c'était mieux que toute l'*année* que nous avons passée ensemble !

La gifle que je reçois au visage me prend complètement au dépourvu. Je tourne sur moi-même et je trébuche sur la télévision, la faisant tomber de son support. Maman crie et je ne pense qu'à sortir Robert d'ici et à la mettre en sécurité. Mais alors que je parviens à me remettre debout en titubant, je lève les yeux juste à temps pour la voir frapper Robert dans le dos avec sa canne.

Je suis choqué de le voir s'écrouler, puis je cours vers ma mère pour l'aider à s'éloigner de lui.

— *Sortez de chez moi !* sanglote-t-elle en brandissant sa canne. Laissez mon fils tranquille ! Il est bien trop bon pour des gens comme vous !

— Oh, je sais qu'il est bon, grogne Robert en se remettant sur ses pieds. J'ai vu les images. Il est *tellement* bon. Mais il a menti, il n'a jamais été bon comme ça pour moi. Il m'a fait me sentir comme une merde, comme si je ne pouvais rien faire de bien. Alors j'ai voulu faire mes preuves, mais il a aussi ruiné mon film en foutant en l'air le prêt !

— Tu délires ! m'écrié-je, incrédule. Tu *m'*as fait *me* sentir comme une merde au lit. Tu as gâché le film *toi-même* en essayant d'agresser l'une des stars ! Tu es *dégoûtant !*

— Oh, vraiment ? murmure-t-il, une lueur dangereuse dans les yeux.

Il commence à arracher des bibelots du buffet et des cadres photo du mur. Heureusement, le sol est recouvert de moquette, mais il commence à ramasser des morceaux de porcelaine et à les projeter sur le mur opposé pour qu'ils se brisent.

— Arrêtez ! Arrêtez ! hurle Maman.

Mon cœur se brise pour elle. Ce sont les quelques objets précieux d'une vie qui a été plutôt injuste pour elle, et voilà que cette brute les détruit sans raison.

On frappe de nouveau à la porte et, d'après les cris, je pense qu'il s'agit de nos voisins. J'espère qu'ils appelleront la police, mais je ne suis pas sûr qu'une voiture puisse arriver rapidement jusqu'à nous.

Robert s'avance vers maman et la pousse sur le canapé avant de m'attraper par le cou. J'essaie de le frapper et de le griffer, mais cela semble rebondir sur lui dans sa rage d'ivrogne.

Je dois arrêter ça *tout de suite*.

— D'accord ! D'accord ! crié-je en levant les mains en signe de défaite. Je vais… je vais venir avec toi. Mais laisse ma mère tranquille, d'accord ?

— Non ! hurle Maman.

Le sourire de victoire de Robert ressemble plutôt aux crocs d'un fauve. Il me serre contre lui pour que sa bouche soit collée à mon oreille, son haleine de bière est chaude et répugnante contre ma peau.

— Je vais te ramener à la maison et te souiller, petite salope, promet-il, et mon estomac s'agite de peur et de dégoût. Tu aimes qu'on te donne des ordres ? Oh, je serai volontiers ton patron.

Je gémis alors qu'il change sa prise pour m'attraper par la nuque et commence à me traîner à travers le salon, en donnant des coups de pied ou en piétinant toutes les affaires de maman qui se trouvent sur son chemin.

— NON ! hurle à nouveau Maman, encore plus fort, mais Robert se contente de rire cruellement.

— C'est bon, Maman, bafouillé-je. Ça va aller !

Je ne sais pas si c'est vrai. Mais pour l'instant, je dois juste le faire sortir de notre maison et l'éloigner d'elle. Ensuite, je dois espérer que j'aurai une chance de m'enfuir avant qu'il ne m'emmène chez lui. C'est à plusieurs arrêts de métro et sur une autre ligne. Si je crie à l'aide, quelqu'un interviendra sûrement.

Oh… mon Dieu. À moins qu'il n'ait conduit jusqu'ici. Il a une vieille voiture et il n'hésiterait pas à prendre le volant sous l'emprise de l'alcool. Si je ne peux pas m'enfuir avant qu'il ne me jette dans la voiture et ne verrouille les portes…

Non, je dois continuer à me battre ! Une fois maman en sécurité, je pourrai crier et essayer de me libérer pour m'enfuir. Peut-être que nos voisins ont vraiment appelé la police et qu'ils sont en train de débarquer dans l'immeuble en ce moment même, alors que Robert me pousse vers la porte.

Il l'ouvre d'un coup sec.

De l'autre côté se trouve Daddy, l'air furieux, le poing levé, sur le point de frapper.

Je manque de m'évanouir de soulagement.

CHAPITRE 17

Daddy

Papi avait, assez raisonnablement, proposé de nous conduire tous à l'adresse de l'appartement que Goldie partage avec sa mère. Mon humeur est moins meurtrière maintenant que je comprends beaucoup mieux la situation de Goldie, mais mes pensées sont toujours aussi folles, et je ne me ferais pas confiance au volant.

Lorsque les portes de l'ascenseur s'ouvrent à l'étage de Goldie et qu'un couple frappe à la porte, des sacs de courses jonchant le sol, mes nerfs se hérissent immédiatement et je suis bien content de ne pas être fatigué par les deux dernières heures de route. L'homme parle frénétiquement au téléphone tandis que la femme continue à frapper et à crier à travers la porte.

— Quel est le numéro de Goldie ? aboyé-je en avançant dans le couloir.

— 837, répond Papi sans avoir besoin de vérifier quoi que ce soit.

Bien sûr, c'est la porte devant laquelle se trouve le couple.

— C'est l'appartement de notre ami, dis-je alors que nous

nous approchons tous les trois en toute hâte. Qu'est-ce qui ne va pas ?

L'homme au téléphone (je suppose qu'il s'agit de la police, d'après les détails qu'il donne) s'éloigne pour pouvoir continuer à parler. La femme s'essouffle et arrête de frapper pour s'adresser à moi.

— Nous ne sommes pas sûrs, explique-t-elle avec un accent qui me semble européen, mais que je n'arrive pas à situer à ce moment-là. Il y a des cris et des objets qui se cassent, et ils ne veulent pas ouvrir.

Goldie pourrait-il se disputer avec sa mère ? Honnêtement, je n'ai aucune idée de la nature de leur relation. Mais quoi qu'il en soit, mon garçon est à l'intérieur, et je dois le découvrir.

Je lève le poing pour frapper à la place de la femme… juste au moment où la porte s'ouvre brutalement.

Au début, la seule chose que je vois, c'est le visage baigné de larmes de mon ange, dont les yeux s'illuminent de reconnaissance à ma vue.

— Daddy ? murmure-t-il.

Puis j'enregistre le visage horrifié de Robert, le salon en ruines derrière eux et la femme en sanglots qui essaie tant bien que mal de se lever à l'aide d'une canne, alors qu'elle souffre manifestement.

— Lâchez mon fils, enfoiré, hurle-t-elle, le visage rouge et tacheté par ce que j'imagine être une douleur et une immense détresse.

Ensuite, mes pensées s'arrêtent presque complètement.

Je n'ai même pas besoin d'arracher Goldie à l'emprise de Robert. Le lâche pleurnichard le libère immédiatement et se sert de ses bras pour se protéger le visage.

— S'il vous plaît, ne me faites pas de mal ! couine-t-il comme un cochon.

Sauf que les cochons sont intelligents et plutôt propres, ce qui n'est pas le cas de cet enfoiré graisseux.

J'attrape son col de la main gauche et lui assène trois coups de poing rapides au visage – un, *deux, trois* – avant *de* le faire tourner et de le jeter par une autre porte d'entrée. Le couple concerné s'écarte d'un bond, horrifié.

Ma respiration me coupe le souffle et ma vision se trouble de rage. J'avance sur lui et il recule jusqu'à ce qu'il heurte le mur.

— Tu n'entreras plus en contact avec mon garçon, ordonné-je d'une voix grave et dangereuse en m'accroupissant au niveau de ses yeux. Tu ne penseras même plus à lui, c'est clair ? Tu iras te faire foutre dans l'abîme, on n'entendra plus jamais parler de toi, parce que tu n'es qu'une merde sans valeur. Mon garçon est un *ange*, il est sous ma protection. Tout comme sa mère et toute autre personne importante dans sa vie. Si tu *respires* à nouveau dans sa direction, ta vie ne vaudra plus la peine d'être vécue. Est-ce que ça a pénétré ton crâne épais ?

— Oui, gémit-il.

Je ris.

— Oui, quoi ?

Il cligne des yeux.

— Oui… monsieur ?

Cela suffira.

— Police ! Reculez !

— Oh, Dieu merci, soupire l'homme du couple alors que des agents courent dans le couloir.

La femme pointe frénétiquement Robert du doigt tandis que je recule les mains en l'air. Évidemment, les policiers britanniques n'ont pas d'armes, mais je suis imposant, je ne veux pas leur donner d'excuses pour m'arrêter avant qu'ils ne comprennent que je ne suis pas l'instigateur de cette situation.

— C'est lui, s'écrie la femme en pointant Robert du doigt. Il a pris notre voisin à la gorge et l'a traîné dehors, jusqu'à ce que ce monsieur l'arrête ! Et je crois qu'il a cassé tout ça.

Les officiers ralentissent, observant la scène. Mais comme Robert a les mains en l'air et qu'il pleure, aucun d'entre eux ne semble douter de la véracité de l'histoire de la femme, merci mon Dieu.

— Je dois aller voir mon petit ami. C'est lui qui a été agressé, dis-je à l'agent le plus proche, en reculant déjà dans l'appartement.

Le mot « petit ami » sort facilement de ma bouche. À mon mouvement, le couple du couloir me suit également, ainsi que deux des officiers, vraisemblablement pour voir ce qui se passe.

Baby berce Goldie sur le sol en sanglotant. Papi réconforte celle que je suppose être la mère de Goldie. Elle a l'air cendreuse et tremblante, mais il y a aussi un feu dans ses yeux qui me réchauffe immédiatement.

J'ai vu ce même feu dans les yeux de son fils une ou deux fois.

— Ce salaud est parti ? demande-t-elle.

Je fais un geste vers la police.

— Je crois qu'il est en état d'arrestation, lui annoncé-je.

Puis, malheureusement, je me moque de quiconque n'est pas mes garçons. Je m'effondre sur le sol et je tire Baby et Goldie dans mes bras, embrassant les cheveux de mon ange blond.

— Tout va bien, mon doux garçon, lui murmuré-je en frottant le dos de Baby pour qu'il sache que je veille sur lui aussi. Daddy est là. Tu as dû avoir très peur, mais tu es en sécurité maintenant. Tu as été très courageux. Je suis si fier de toi.

Il prend une respiration tremblante et me regarde en

fronçant les sourcils à travers ses larmes. Pendant une seconde, j'ai peur qu'il me dise d'aller me faire foutre.

Tout comme je lui ai dit d'aller se faire foutre ce matin quand j'ai pensé qu'il ne voulait pas de nous. Mais la façon dont il m'a appelé « daddy » me donne de l'espoir.

— Comment sais-tu que j'ai été courageux ? demande-t-il.

Je ris presque en embrassant son front.

— Tu as protégé ta mère ? As-tu fait tout ce que tu pouvais pour empêcher ce connard de lui faire du mal ?

Son visage se décompose et il se remet à pleurer.

— J'ai juste pensé que si je pouvais l'éloigner d'elle, alors peut-être que je pourrais m'échapper avant… avant qu'il… les choses qu'il a dit qu'il allait me *faire…*

Ma vision menace de s'obscurcir sous l'effet d'une rage qui brûle comme mille soleils.

Je crois que je sais exactement ce que cette saloperie inhumaine avait l'intention de faire avec mon précieux ange.

— Tu vois ? insisté-je, en respirant régulièrement par le nez pour essayer de contenir ma fureur.

Je sais que Baby me regarde avec des yeux écarquillés, et je dois rester calme pour eux deux.

— Daddy savait que tu étais courageux, maintenant il est là pour s'assurer que toi et ta mère allez bien, d'accord ? Je te tiens.

— Mais… pourquoi ? balbutie-t-il. Je suis parti. C'était juste pour le week-end. Daddy… je…

Je le prends par le menton, et Baby attrape automatiquement la main de Goldie, fermement.

— Parce que tu es à *moi,* mon ange. Je te pardonne d'avoir eu peur. Je sais tout sur Robert, Cundall et le prêt, et je sais que tu essayais juste de faire ce qui était juste. Mais je ne te laisserai plus partir, d'accord ? Tu comprends ?

Mais il secoue la tête.

— Ce n'est pas vrai. Je sais que tu es juste gentil. Tu ne peux pas…

— Goldie, je t'*aime*, déclaré-je avec force en le regardant dans les yeux. Tu es à moi, je t'aime. Est-ce que c'est clair ?

Goldie me dévisage, les larmes aux yeux.

Jusqu'à ce que Baby se jette sur lui, passe ses bras autour de sa taille et dépose un baiser sur sa joue.

— Je t'aime aussi, Goldie, déclare-t-il.

Papi lève la main du canapé.

— Je t'aime aussi, mon garçon, au cas où tu te poserais la question.

Il fait un clin d'œil à Goldie, et l'agent qui prenait la déposition de la mère de Goldie nous observe tour à tour.

— Oh… OK, dit-elle en hochant la tête, puis elle retourne à son interrogatoire.

Le couple du couloir parle à un autre officier pendant que Robert est menotté et qu'on lui lit ses droits. J'ai donc encore quelques minutes avec mes deux précieux garçons, mais surtout avec mon ange. Il me regarde avec une bouche ouverte plus appropriée à un poisson rouge qu'à un garçon.

— Tu nous as entendus, mon ange ?

Il y a une pointe d'espièglerie dans ma voix à cause du soulagement. J'ai le sentiment fou que tout va bien se passer maintenant.

Il ferme la bouche et déglutit.

— Mais… tu ne peux pas, se borne-t-il en secouant la tête. Je ne suis pas… ce n'est pas…

Je le serre contre moi et l'oblige à me regarder, ce calme familier s'installant dans ses yeux.

— Mon ange, dis-je, mon ton étant empreint d'un *soupçon* d'autorité. Tu traites ton Daddy de menteur ?

— Non, Daddy, répond-il immédiatement, la voix haletante. Non, je ne ferais jamais ça.

Je lui souris chaleureusement, le cœur débordant. Baby

touche ma hanche et contemple longuement notre nouveau garçon parfait.

— Bon garçon, murmuré-je à Goldie. Si Daddy te dit qu'il t'aime, c'est qu'il t'aime, d'accord ? Tu n'as pas besoin de t'inquiéter pour autre chose.

Sauf que… putain de merde… il se mord la lèvre, l'air décidément inquiet.

— Il y a quand même une chose, Daddy…

J'ai envie de lui dire que ça n'a pas d'importance, mais je sais que ce soir, c'est sérieux. Alors j'acquiesce.

— Qu'est-ce qu'il y a, mon garçon ?

Il tremble, et je resserre ma prise sur son flanc, pour l'ancrer à moi. Il prend une grande inspiration.

— Serait-ce… serait-ce idiot… totalement ridicule… si je vous disais que je vous aime aussi ? Tous les trois ?

Lorsque Papi et Baby ont accepté d'être mes garçons, il y a tant d'années, je ne pensais pas que mon cœur pourrait être un jour plus rempli. Mais maintenant, je sais que je suis le roi du monde.

J'appuie mon front contre celui de Goldie et je serre la main de Baby. Je voudrais que Papi soit avec nous, mais je sais qu'il ne tardera pas à venir. C'est un homme fort et beau, il n'a pas besoin de moi pour l'instant, contrairement à nos garçons.

J'embrasse doucement les lèvres de Goldie.

— Tu nous aimes ? lui demandé-je.

Il acquiesce, puis se mord la lèvre inférieure comme s'il voulait dire autre chose.

Je ne le laisse pas faire.

— Bien, déclaré-je en passant ma main sur le côté de son beau visage. C'est parfait, exactement comme le veut Daddy.

CHAPITRE 18
Goldie

Je ne sais pas combien de temps il faut à la police pour prendre toutes les dépositions et emmener Robert. Je n'arrive pas à croire qu'il a été arrêté. Je ne suis pas sûr qu'il obtiendra plus qu'une tape sur les doigts pour ivresse et trouble à l'ordre public, mais peut-être que je pourrai obtenir une ordonnance restrictive à son encontre ou quelque chose comme ça. Ce qui compte, c'est que la police nous ait écoutés, maman et moi, et qu'elle nous ait crus. Je n'étais pas sûr qu'ils le feraient.

Nos voisins insistent pour rester et s'occuper de maman, s'affairant à préparer une tournée de thé pour tout le monde. Elle est très secouée, mais il n'y a pas eu de mal, donc elle s'en sortira.

Nos voisins étant occupés pendant une minute dans la cuisine, cela signifie que j'ai un minimum d'intimité avec maman et mes hommes.

Mes hommes, qui m'aiment.

Je n'arrive toujours pas à le croire, mais Daddy me tient sur ses genoux depuis vingt minutes, sans se soucier de ce que pensent la police ou nos voisins.

Il semble que la vérité soit en quelque sorte sortie du bois.

— Alors, vous êtes les amis que mon fils est allé voir ce week-end ? demande Maman, son regard alternant entre Daddy, Papi et Baby.

Je me tourne vers Daddy, incertain de ce que je dois dire. Il me regarde en souriant et m'embrasse sur la tempe.

— Plus que des amis, répond-il avec un grognement possessif.

Papi et Baby sont assis par terre de part et d'autre de nous, et ils tiennent chacun une de mes mains. Mes joues s'enflamment sous l'effet de l'attention, je n'arrive toujours pas à croire que c'est réel.

Je ne sais pas non plus ce que ma mère va en penser.

Bien sûr, elle nous fixe.

— Quoi… tous les quatre ?

— Oui, dit Daddy en me regardant dans les yeux, d'une voix chaude et décidée.

Il ne craint pas que quelqu'un nous juge, mais je ne veux pas que maman s'inquiète pour moi.

Cependant, j'avais momentanément oublié qu'elle était géniale.

— Mince alors ! C'est bien pour toi, chéri.

Elle rit, un peu de la lumière que Robert avait fait fuir revient dans ses yeux.

— Tu t'es certainement amélioré par rapport à l'enfoiré qu'on vient d'arrêter.

— Amen, réplique Papi d'un ton sombre.

Je ris de soulagement.

— Tu es vraiment d'accord avec ça ? m'enquiers-je en montrant mes trois hommes.

— Tu es heureux, chéri ?

J'acquiesce avec empressement, le cœur prêt à exploser.

— *Tellement* heureux.

— Alors, oui, approuve-t-elle avec un sourire soulagé. Je suis ravie pour toi.

Nos voisins reviennent avec du thé fort et sucré pour tout le monde, et je le bois avec reconnaissance. Toutefois, mes pensées se remettent à tourner et je m'inquiète de ce qui va se passer ensuite.

— Comment êtes-vous arrivés jusqu'ici ? demandé-je à Daddy à voix basse pendant que les autres bavardent.

— En voiture, mon ange, répond-il en me brossant les cheveux. Quand Papi a découvert ce que Cundall avait fait, comment il t'avait fait chanter, j'ai su que j'avais besoin de toi dans mes bras le plus vite possible.

Il a l'air triste, et je caresse son visage, mes sourcils se fronçant en une question inexprimée. Il se racle la gorge.

— Je pensais… ce que je veux dire, c'est… tu étais d'accord avec tout ce qu'on a fait ensemble, n'est-ce pas ? Nous ne divulguerons pas les images si tu ne le souhaites pas. J'ai l'impression de t'avoir mal traité, sans avoir bien compris les faits…

— Non, non, le coupé-je avec horreur en secouant la tête. J'ai aimé ça, Daddy. J'*ai adoré*. Tout était formidable. La façon dont tu prends les choses en main et dont tu fais fondre toutes les mauvaises pensées est la plus heureuse que j'aie jamais connue. D'une certaine manière, je suis *reconnaissant à* M. Cundall pour son offre. Je sais que ça aurait pu mal se passer avec quelqu'un d'autre, mais ça m'a amené à vous trois, et ça ne serait jamais arrivé autrement. Au début, c'était compliqué, mais maintenant, j'ai *beaucoup de* chance.

Il soupire, et je jure que ses yeux sont embués. Puis il m'enlace et nous restons ainsi pendant un moment, sans parler, mais en disant tout.

Mais je suis préoccupé par le fait qu'il se fait tard.

— Vous allez devoir bientôt rentrer en voiture ? m'enquiers-je, en me reculant pour le regarder dans les yeux. Ou pourriez-vous trouver un hôtel à proximité ?

— Où habitez-vous ? demande Maman.

Elle a fini son thé, et maintenant elle et nos voisins ont chacun un verre de vin, et elle a l'air *dix fois* mieux qu'avant.

— Trowbridge, dans le Wiltshire, répond Daddy en souriant. Nous avons un magnifique cottage ensemble.

— C'est *tellement* beau, Maman, soupiré-je, incapable de réprimer la nostalgie dans ma voix.

J'avais cru que je ne le reverrais jamais, mais maintenant… maintenant j'ai de l'espoir.

Maman nous sourit à tous les quatre, toujours assis par terre. J'ai l'impression que mes hommes se sont mis à ma hauteur et qu'ils ne bougeront pas tant que je ne serai pas capable de me remettre sur pied.

— C'est assez loin, constate-t-elle en fronçant un peu les sourcils. Vous verrez-vous souvent ?

La poigne de Daddy se resserre autour de moi.

— Pardonnez-moi, Madame, intervient-il avec une incroyable politesse. Mais je veux voir votre fils tout le temps. Pour l'instant, j'ai besoin qu'il soit à mes côtés jusqu'à ce que j'aie la certitude qu'aucun infâme ancien petit ami ne le menacera plus. J'espérais l'emmener à la maison avec nous ce soir, si vous êtes d'accord.

— Oh, non, je ne peux pas… commencé-je à bafouiller, mais Maman prend une autre gorgée de vin rouge et me fait signe de partir.

— Bien sûr, chéri, insiste-t-elle. Tu devrais profiter des premiers balbutiements de la romance. Et je suis sûre qu'après cette épreuve, Flora comprendra si tu as besoin de prendre un peu de temps libre.

Daddy fronce les sourcils.

— Le travail ? Tu n'as pas besoin de rester dans ce café si tu n'en as pas envie. Plus maintenant. Nous te soutiendrons.

Tous les deux, ajoute-t-il en faisant un signe de tête à Maman.

Je cligne des yeux. Flora est gentille, mais l'idée de ne plus faire d'horaires ennuyeux au café est incroyable.

— Mais… c'est trop tôt, bredouillé-je. Trop vite.

— Tu dis trop souvent « trop », taquine Daddy avec un clin d'œil. Qui commande ?

— Daddy, murmuré-je en rougissant, conscient que nos voisins nous regardent, fascinés.

Mais je n'ai pas besoin de m'en préoccuper. Je dois juste laisser Daddy décider.

— Est-ce que tu veux garder ton emploi.

— Pas vraiment, admets-je.

Il acquiesce.

— C'est assez facile, alors. Remets ta démission, et une fois que tu seras de retour au cottage, nous réglerons tout le reste à partir de là.

— Mais Maman… commencé-je.

— Ça ira très bien pendant un petit moment, m'interrompt-elle. Chéri, tu as passé une grande partie de ta vie à t'occuper de moi. Il est temps que tu commences à vivre pour *toi-même*. Je trouverai un moyen de me débrouiller.

Daddy me touche le genou.

— Nous pouvons organiser une prise en charge privée si ça peut vous aider.

— Nous sommes plutôt riches, avoue Baby à tout le monde en sautillant sur place.

Je hausse les sourcils et regarde Maman, qui acquiesce.

— Ça… oui… ça aiderait beaucoup, balbutié-je, à la fois surpris par leur offre généreuse et pas du tout étonné.

Ces hommes sont si gentils.

Si maman pouvait continuer à bénéficier d'une assistance comme celle de ce week-end, qui sait à quel point cela améliorerait sa qualité de vie.

— Il me semble, dit-elle avec un clin d'œil, qu'il s'agit là de beaucoup de décisions qui pourront être prises plus tard. Pour l'instant, vous devriez prendre la route pour rentrer à la maison avant minuit.

Je me mords la lèvre en lui jetant un coup d'œil.

— Tu es *sûre ?*

Elle sourit.

— Va faire ton sac et amuse-toi, mon chéri.

Tout cela est tellement incroyable, c'est arrivé si vite… mais j'ai tellement envie d'une relation avec ces hommes. Si maman donne vraiment sa bénédiction… alors je serais bête de ne pas saisir cette opportunité à deux mains.

En un rien de temps, j'ai fait mes valises et je suis prêt à partir. Je serre maman dans mes bras et je remercie nos voisins, mais Daddy me surprend en étreignant lui aussi maman.

— Je m'occuperai de lui, promet-il.

— Nous le ferons tous, gazouille Baby tandis que Papi et lui l'enlacent.

Maman pose la main sur son cœur et me lance un regard plein de tendresse.

— Je crois que tu as gagné le gros lot, mon chéri.

Je ne le crois pas. Je le sais.

———

Je passe la plus grande partie du trajet vers le Wiltshire sur le siège arrière de la grosse Jeep noire de Daddy avec Baby, à nous tenir la main et à m'assoupir. Papi tient compagnie à Daddy pendant que ce dernier conduit, et tous deux entretiennent une conversation murmurée pendant que nous laissons Londres derrière nous et que nous nous enfonçons dans la campagne.

Lorsque nous franchissons la porte d'entrée, je n'arrive

pas à croire que je suis de retour au cottage. Je ne suis parti que ce matin, mais tout semble différent maintenant. Il y a une sorte d'électricité dans l'air.

Princesse se frotte contre mes jambes dans le hall d'entrée avant de s'éclipser par la porte d'entrée pour aller chasser. Ses ronronnements bruyants ne me quittent pas.

— Elle est contente que tu sois rentré, remarque Baby.

— Nous le sommes tous, acquiesce Papi en me tenant par le cou et en embrassant le sommet de mon crâne.

Daddy ne dit rien. Il me prend dans ses bras comme une poupée de chiffon. Je hurle et je glousse quand il ferme la porte d'entrée d'un coup de pied, puis me porte à travers la maison jusqu'à la chambre à coucher.

Celle que le public ne voit jamais.

Il n'y a pas de caméra et mes trois hommes prennent leur temps pour m'embrasser et me déshabiller. Une fois que je suis nu et que je me sens flotter, ils se déshabillent à la hâte et nous nous retrouvons tous les quatre dans le lit.

J'étais tellement épuisé par une journée si longue et si éprouvante émotionnellement que j'avais cru que j'allais m'endormir immédiatement. Mais il y a trois bouches à embrasser et trois érections chaudes et dures qui se frottent à ma peau. Nous sommes tous allongés ensemble, une flaque de membres sur les draps frais, nous caressant et gémissant, chuchotant des mots doux. Baby me dit combien il m'aime et combien je suis beau. Papi me dit que je suis un bon garçon et que je suis ici chez moi.

Mais Daddy… Daddy ne dit pas grand-chose avec des mots. Il le dit par la possessivité de ses mains sur mon visage, par la force de ses baisers sur ma bouche, par la façon dont il frotte son énorme sexe contre ma hanche, laissant échapper du sperme. Mais quand il parle, il ne dit qu'un seul mot :

— *Mien.*

Et enfin, je crois que je suis prêt à y croire. À cesser de

m'inquiéter et de douter de moi. C'est réel, je ne pourrais pas être plus heureux de lui appartenir – à ces trois hommes incroyables.

C'est le début d'un nouveau chapitre de ma vie et, comme dans mes romans d'amour préférés, je n'ai pas un, mais *trois* amours de ma vie.

Épilogue

Goldie - Un an après

— C'est un tel plaisir de vous rencontrer ! s'extasie la
dame devant moi en nous regardant, moi et mes hommes,
assis à notre table.

J'ai un nouveau pincement au cœur.

Ma vie semble en être remplie ces jours-ci.

La table à laquelle je suis assis est jonchée d'exemplaires
de mon propre roman d'amour : « *Goldie et ses trois ours* ». Je
suis aux États-Unis, à l'une de ces conventions de romance
gay auxquelles je ne pouvais que rêver de participer en tant
que lecteur. Aujourd'hui, on m'a demandé de venir en tant
qu'*invité spécial,* avec mes trois hommes. Nous intervien-
drons tout à l'heure dans notre propre table ronde.

Mais pour l'instant, je suis en train de signer des exemplaires de mon roman en quelque sorte autobiographique qui
s'est tellement bien vendu que j'ai *pu* me permettre de payer
nos vols transatlantiques – en première classe, qui plus est.

Daddy a payé pour tout le reste, bien sûr. Mais je pense qu'il savait à quel point cela me rendait heureux de gâter mes hommes pour une fois. Ne vous méprenez pas. Je suis parfaitement heureux d'être choyé la plupart du temps, mais je suis tellement fier de voir à quel point ma vie a changé en l'espace d'un an.

Il y a quelques femmes autour de notre table, toutes agrippées à mon livre et nous regardant les joues rougies, légèrement essoufflées.

— Vous êtes encore plus beaux dans la vraie vie, dit l'une d'elles d'un ton méridional, et je lui fais un clin d'œil.

— Je sais, lui murmuré-je d'un air conspirateur. Comment ai-je réussi à attraper non pas un, mais *trois* hommes aussi séduisants ?

Elle rougit encore plus.

— Vos vidéos sont tellement… *argh,* s'exclame-t-elle, et les autres femmes d'âge moyen autour d'elle gloussent et rougissent en acquiesçant.

Je n'ai encore jamais regardé aucun des films que nous avons réalisés, même si ce premier week-end n'était que le premier d'une longue *série.* Je suis fier de gagner ma vie avec mes amoureux, mais j'aime garder un peu de magie dans ce que nous faisons en ne le visionnant pas après. Papi comprend et sait à quel point je respecte le travail de montage qu'il fait pour nous. Mais il est important pour moi qu'une partie de ce que nous faisons soit purement pour moi.

Tout à moi, comme dirait Daddy.

La dame du sud désigne d'un signe de la main les alliances relativement récentes de Daddy et moi.

— Félicitations, au fait ! Les photos de la cérémonie sont à tomber par *terre.*

C'est à mon tour de rougir et de regarder mon Daddy avec amour. Dans son style bien à lui, il a annoncé le jour de la Saint-Valentin que nous allions nous marier, et bien sûr j'ai dit oui, et comme toujours, j'ai adoré qu'on me dise ce que je devais faire. Après tout, c'est Daddy qui sait le mieux.

Maintenant, nous avons tous des bagues assorties. Après la petite cérémonie légale organisée pour Daddy et moi, nous avons organisé un événement beaucoup plus important pour nous engager tous les quatre les uns envers les autres. Je m'étais brièvement inquiété d'être trop jeune, d'aller trop vite, mais Daddy connaît les meilleurs moyens de m'empêcher de m'inquiéter trop longtemps.

Des moyens si coquins, si obscènes, si *parfaits.*

Et de quoi devrais-je m'inquiéter ces jours-ci, en fait ? Je suis un auteur publié, actuellement assis à une convention avec d'autres auteurs que j'idolâtrais. Je suis un artiste pour adultes mondialement connu, avec des légions de fans. Je reçois chaque jour des messages de garçons adorables comme moi qui me disent que me voir avec mes hommes leur permet de croire qu'il existe des hommes dignes d'eux, eux aussi.

J'ai deux emplois que j'aime et trois hommes que j'aime encore plus. Daddy dit toujours que je suis gourmand, et je pense que je le suis, dans le meilleur sens du terme.

J'étais un peu inquiet à l'idée de laisser Daddy payer pour aider ma mère, même avec les meilleures intentions du monde. Maintenant, j'ai l'argent nécessaire pour payer ses séances de kinésithérapie et d'autres rendez-vous, et c'est formidable. Bien sûr, sa sclérose en plaques n'est pas guérie et elle traverse encore des périodes difficiles, mais elle va tellement mieux qu'elle a pris un emploi à temps partiel dans l'administration d'un petit bureau, et elle adore ça.

Je voulais qu'elle soit proche, alors nous avons tous accepté de l'aider à quitter cet appartement exigu de Londres pour s'installer à Trowbridge. Je n'ai pas l'impression que nous nous marchons sur les pieds, mais elle est suffisamment proche pour que je puisse la rejoindre en un rien de temps si elle a besoin d'aide. Je pense que l'air frais et la verdure lui font presque autant de bien que les soins médicaux supplémentaires. En sachant qu'elle n'a jamais été aussi heureuse, je me sens à l'aise avec mon propre bonheur et je ne me sens pas coupable de la négliger.

En ce qui concerne Honipot, Daddy a accepté de ne pas poursuivre M. Cundall pour tout ce qu'il a fait en échange de la libération de leur contrat avec la société de production. Désormais, nous distribuons nos films exclusivement via notre propre site web, ainsi que le contenu que nous publions sur les médias sociaux. Je suis sûr que la perte de tout le travail de Daddy, Papi et Baby a fait du tort à Honipot, et je ne peux pas vraiment me sentir désolé pour M. Cundall. J'aurais pu m'inquiéter pour d'autres personnes chez Honipot, mais Daddy a élargi notre plateforme pour accueillir d'autres stars pour adultes et commence à construire son propre empire, invitant tous ceux qui veulent quitter Honipot à faire de bonnes affaires.

Lorsque je suis entré dans le bureau de M. Cundall il y a un an, j'avais l'impression que mes problèmes étaient trop importants pour être surmontés. Puis, lorsque j'ai dû quitter le cottage et les trois hommes qui y vivaient, j'ai eu le sentiment que ma vie ne serait plus jamais assez.

Mais aujourd'hui, tout est parfait, comme un bol de porridge délicieux. Goldie a bien eu ses trois ours.

Et désormais, ils allaient vivre heureux pour toujours.

Merci d'avoir lu l'histoire de Goldie ! Lui offrir, ainsi qu'à ses trois ours, une fin heureuse a été un véritable plaisir à écrire. Si vous avez aimé leur histoire, laissez une critique pour que d'autres lecteurs découvrent ce petit livre doux et coquin.

———

Si vous voulez être le premier à savoir sur quel conte de fées je vais travailler, n'oubliez pas de rejoindre mon groupe Facebook, Helen's Jewels. Nous nous amusons aussi beaucoup avec des jeux et des cadeaux, ainsi qu'avec des opportunités de services presse.

À propos de l'auteur

Helen Juliet est une auteure de romance MM contemporaine qui vit à Londres avec son mari et trois boules de poils qui se font parfois passer pour des chats. Elle a commencé à écrire dès son plus jeune âge, puis a perfectionné son art en ligne dans le monde des fanfictions sur des sites comme Wattpad. Quinze ans et plus d'un demi-million de mots plus tard, elle a cherché à lire des romans MM originaux. À la fin de l'année 2016, elle a écrit son premier livre et, en 2017, elle a réalisé le rêve de sa vie : devenir une auteure à plein temps.

Helen écrit également des romans d'amour contemporains américains sous le nom de HJ Welch.

Vous pouvez contacter Helen Juliet via les médias sociaux :
Newsletter (avec des histoires originales GRATUITES) –
https://www.subscribepage.com/helenjuliet
Site web – www.helenjuliet.com
Groupe Facebook – Helen's Jewels
Page Facebook – @helenjulietauthor
Instagram – @helenjwrites
Twitter – @helenjwrites